어쩌면 조금
외로웠는지도 몰라

어쩌면 조금 외로웠는지도 몰라

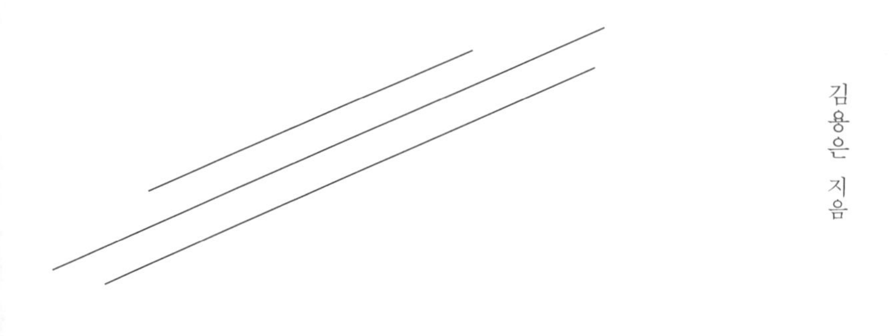

김용은 지음

수녀님과 스마트폰,
그 외로움이 키운 습관들에 대하여

애플북스

사랑 톡 기쁨 톡톡으로 가족애를 나누는
나의 '광김패밀리'에게 이 책을 바칩니다.

프롤로그

어쩌면 외로움이 키운 습관 앞에서

수녀원에 막 들어온 예비 수녀들에게 강의를 하는 중에 '디지털 경력서'를 써보라고 했다. 나와는 세대가 완전히 달라서 디지털 원주민인 이들 세대를 어떻게 이해하고 다가가야 할지 알아보고 싶어서였다.

그런데 막상 그들이 쓴 디지털 경력서를 받고 보니, 생각했던 것보다 훨씬 더 디지털 바다에 빠져 살아왔었다는 사실에 조금은 당황스러웠다. 어떤 이는 태어날 때부터 텔레비전에 묻혀 살았고, 어떤 이는 초등 저학년부터 폭력적인 게임에 빠져 살았단다. 심지어 어떤 예비 수녀는 "태아 때부터 텔레비전을 즐겼다"라는 표현을 했다. 어머니가 임신 중에 텔레비전을 즐겨 보았다는 의미일 게다. 본인들의 표현에 의하면 거의 '중독'이었다는 고백들이었다.

그런데 이들이 공통적으로 덧붙인 말이 있었다.

"영적인 것에 눈뜨게 되니 자연스레 텔레비전을 보지 않게 되었어요."

"수녀원에 들어가려고 준비하는 순간부터 컴퓨터나 스마트폰 사용 시간이 줄었어요."

현재 이들은 스마트폰 없이 수녀원에서 매일 매일을 기쁘게 살아가고 있단다. 더 높은 목적, 영적인 욕구가 생기면서 자연스럽게 디지털 기기를 멀리하게 되었다는 것이다. 참은 게 아니라 누가 강요하지도 않았는데 그냥 포기하게 되더란다.

포기한다는 것과 참는다는 것은 다르다. 참는 것은 유혹을 느끼지만 어쩔 수 없이, 마지못해서 억지로 안 하는 것이다. 하지만 포기한다는 것은 유혹을 느끼지만 지금의 이 유혹보다 더 궁극적이고 지속적인 행복을 찾겠다는 지향성을 스스로 의식할 때의 모습이다. 그보다 더 좋은 것을 누리기 위해서 유혹을 기꺼이 포기하는 것이다.

하지만 우리의 일상이 예비 수녀들의 선택처럼 매번 그렇게 드라마틱한 선택을 요구하지는 않는다. 일상의 자잘한 욕구들의 행렬 속에서 의미를 선택한다는 것은 오히려 더 어려울 수 있다.

우리에게는 적당히 재미있게 놀고 싶은 욕구가 있다. 이 욕구는 삶의 에너지이기도 하다. 그것이 없다면 인생이 얼마나 지루하고 암울할까. 때로는 어린아이처럼 아무 생각 없이 그냥 빠져 놀고도 싶다. 그래서 스마트폰을 만지작거리면서 시간 보내기를 즐긴다.

나는 '디지털 환경'에 대한 주제로 강연을 다니면서 제아무리 반듯하고 똑바른 사람이라 하더라도 온라인에서 균형 있게 필요한 것만 취하는 사람이 많지 않다는 것을 확인했다. 그리고 수녀인 나 역시 예외가 아니라는 것도. 수녀인 나도 즐기고 싶고, 마음껏 놀고 싶고, 때론 스마트폰을 만지작거리며 지루하고 심심한 느낌을 털어버리고 싶다.

세상의 온갖 재미와 욕심 다 버리고 수녀원에 왔지만 내 손안의 스마트폰은 더 리얼하고 더 강렬한 욕심과 재미로 나를 빠지게 한다. 그렇다고 이런 나를 자책하면서 놀고 싶은 욕구를 억지로 누르거나 참기를 강요하지는 말자. 어쩌면 너무도 자연스러운 우리의 모습일 테니까.

진짜 문제는 한번 만지면 푹 빠져서 나오지 못하는 것이 영 마음에 걸린다. 스마트폰으로 적당히 놀고 현실로 바로 나올 수는 없는 걸까? 의미 있는 일과 놀고 싶은 욕구 사이를 시소 타듯 즐기며 오갈 수는 없을까? 본능적으로 올라오는 놀고 싶은 욕구를 인정해주면서 의식의 빛 안에서 평온하게 스마트폰을 할 수는 없는 걸까?

나는 이 책을 준비하면서 습관 속에 가려진 이런 저런 부끄럽고 불편한 나의 욕구를 하나씩 펼쳐보기 시작했다. 자꾸만 톡톡 눌러대며 놀고 싶은 마음속에는 외로움과 슬픔이 생각보다 크게 자리하고 있음을 알아챘다. 심심할 때나 불편할 때, 그리고 도망가서 숨고 싶을 때마다 나의 내면 아이는 스마트폰이나 인터넷을 찾으며 놀고 싶어 했다.

하지만 톡톡 눌러도 외로움과 슬픔의 허기는 채워지지 않았고, 그럴수록 '더' 많은 시간과 '더' 큰 즐거움으로 대체하려 애쓰면서 외로움을 감추고 심심함을 없애는 일이 습관이 되고 일상이 되어버렸다.

습관은 단순히 그냥 반복해서 쌓아온 나의 외적 태도가 아니었다. 그동안 살아오면서 켜켜이 쌓아둔 외로움과 슬픔, 고통과 분노로 얼룩진 내면의 거울이었다.

결국 내가 어떤 세상에 살아갈지는 바로 나의 습관에 달려 있다. 이것을 알아차리고 깨어 바라보지 않으면 그 습관이 나를 조정할 것이다. 그러니 부끄러워할 것은 당당하지 못한 습관이 아니라 이것을 솔직하게 마주하지 않는 나에게 있다.

오늘도 나는 나의 습관을 깨어 바라본다. 감시가 아니다. 단지 나의 외적 태도를 움직이는 내면의 풍경을 경이롭게 바라볼 뿐이다. 아주 부드럽고 사랑스럽게. 그러면서 나는 내 마음 속 자라지 않은 어린아이와 화해를 청하기도 하고, 위로하고 품어주면서 하나씩 깨어나는 자유로움과 기쁨도 누린다. 어쩌면 나는 그저 조금 외로웠는지도 모르니까.

이 책은 깊숙이 감추고 싶었던 나의 인터넷과 스마트폰 습관에 대한 이야기이며, 어쩌면 이 책을 읽는 많은 사람의 이야기일 수도 있겠다. 우리는 누구나 시간을 무한정 지불하면서 '재미'를 얻고 싶어하지 않는다. 어쩌다 한번이야 그럴 수 있지만, 정신없이 놀다가 어두컴컴한 시간에 허둥지둥 집을 찾는 어린아이처럼 그렇게 매일을 보내고 싶지 않다. 우리 모두는 적당히 놀고 적당히 스마트폰을 만지며 해야 할 일, 성취감과 만족감을 얻는 일에 시간을 투자하고 싶다. 특히 이 책을 읽는 여러분은 더 그러할 것이다. 나 역시 '미디어 환경과 영성'에 대해 강의하면서도 디지털기기 앞에 쉽게 무너지기도 하는, 그러나 늘 깨어 일어서고 싶은 수도자이다. 우리는 모두 그러하다.

이 책을 읽는 사람 모두가 각자의 스마트폰 습관 속에 감춰진 내면의 진실을 바라볼 수 있으면 참 좋겠다. 또한 외로움이 키운 습관들과 화해하면서 행복한 의식의 빛에서 자유로움을 누릴 수 있는 계기가 되기를 간절히 바라고 기도한다. 내가 그러했듯 말이다.

김용은 수녀

차례

1

수녀인 나도
스마트폰이 참 좋다

배꼽 잡게 웃기고
눈물 나게 따뜻한 단톡방

몇 년 전 나 홀로 폴더폰 소유자일 때, 언니와 동생은 "가족 단톡방에 들어오면 얼마나 재미있는지 개콘이 따로 없다니깐" 하며 이런저런 단톡방 소식을 전해주곤 했다.

8남매인 우리 가족은 모였다 하면 손들고 말해야 겨우 순서가 돌아올 정도로 시끌벅적한데 과연 카톡방에서는 어떤 풍경일지 궁금하긴 했다.

그래도 버텼다. 폴더폰이야 이미 어찌할 수 없는 필수품이지만 굳이 스마트폰이 필요한 것은 아니지 않은가. 청빈하게 살아야 한다는 수도자로서의 의무감이 앞섰다.

그러다가 어느 수녀의 말 한마디에 마음이 바뀌었다.

"수녀님은 엉터리예요. 스마트폰을 사용하지도 않으면서 미디어와 SNS에 관한 강연을 하시잖아요."

순간 뜨끔했다. 그런 건 꼭 사용해봐야 아는 것이 아니라고 수도자로서의 절제에 대해 말하려다가, 그 말을 목구멍으로 삼키고 말았다. "미디어는 살아 움직이는 바이러스처럼 내 안으로 들어와 생각과 감각과 내면을 감염시킨다"는 스승 닐 포스트먼Neil Postman* 의 일갈은 여전히 내게 강한 울림으로 남아 있었기 때문이다. 그래서 아예 스마트폰을 구입하지 않고 거리 두기를 하려 했나 보다. '미디어 생태환경'을 공부하고 가르치는 사람으로서 나 스스로가 매체에 의연하고 당당해야 한다는 의무감도 있는지 모른다.

어쩌면 나도 스마트폰에 집착할지도 모른다는 두려움이 있었을까? 그 두려움과 불안을 감추려고 구차하게 수도자의 가난과 절제를 운운했던 것은 아닐까? 엉터리라는 동생 수녀의

* Neil Postman. 미국의 저명한 교육학자이자 매체 이론가, 문화 평론가이며 저술가다. 1971년 뉴욕대학교의 교육대학원에 미디어 생태학 과정을 설립하였다. 1997년 뉴욕대학에서 그와의 만남은 나에게 엄청난 행운이었다.

말이 마음속에서 양심의 울림처럼 점점 커졌다.

'그래, 내가 직접 사용해보자. 그리고 말하고 쓰자.'

마음을 굳게 먹고 드디어 스마트폰을 구입했다.

우려했던 대로 스마트폰은 참으로 스마트하고 교묘하게 다가왔다. 솔직하게 말하자면 스마트폰은 진짜 재미있다. 강연 때문에 자주 여행을 하는 나에게 스마트폰은 매우 유익하기까지 했다. 굳이 두꺼운 책을 들고 다니지 않아도 어디서든 가톨릭 굿뉴스 사이트만 열면 성경을 읽을 수도 있고, 기도도 할 수 있다. 강의할 때 필요한 자료도 쉽게 찾을 수 있고, 궁금한 정보도 언제든 검색해 알아낼 수 있다.

무엇보다 즐거운 건, 가족들과 실시간 채팅이 가능하다는 것이다. 스마트폰 유저가 되어 '카톡질'에 손을 담그니 신세계가 펼쳐졌다. 배꼽 잡게 웃기고, 눈물 나게 따뜻한 가족 단톡방이라는 신세계.

우리 가족 단톡방은 정말 재미있다. 이 카톡방의 중심에는 육십대 중반에 들어선 나이지만 젊은이들도 울고 갈 정도로 SNS 소통 능력을 과시하는 큰오라버니가 있다.

귀농한 오라버니는 도시에 사는 동생들을 위해 손수 키우는 농작물 사진, 자연의 아름다움을 표현한 자작 글을 카톡 방에 자주 올린다. 때로는 보기 드문 자연 사진을 찍어 올리고 퀴즈를 내기도 한다. "알아맞히는 동생 여러분께 감자 한 박스 상품으로 보냅니다." 그러면 답글이 쉬지 않고 올라온다. 틀리면 "땡!" 얄짤없이 탈락시킨다.

나도 재빨리 인터넷을 뒤지거나 농촌 출신 동료 수녀에게 물어보면서 정답 맞히기에 적극적으로 동참한다. 상품을 타고 싶어서가 아니다. 그 순간을 즐기는 것이다.

물론 상품은 당첨자 외에도 모든 동생들에게도 보내진다.

그때마다 느끼는 것이지만 공직생활에서 은퇴한 나이임에도 언니의 순발력과 재치는 놀랍다. 거기에 중간중간 껴들면서 오빠 언니들에게 아부하는 막내와, 추임새로 활력을 넣어주는 조카들까지……. 때로는 나도 모르게 어깨를 들썩이며 혼자 웃기도 한다.

처음에는 주로 구경만 하다가 언젠가부터 나도 조금씩 끼어들기 시작했고 그러자 그 재미는 더욱 쏠쏠해졌다. 나의 톡에 이런저런 답톡이 달리면 즐거움은 배가 된다. 반대로 누군가 글을 올렸는데 아무런 답톡이 없으면 왠지 불안하다. 그를 무시한 것 같은 찔리는 기분에 맞장구라도 쳐줘야 하지 않을까 혼자 조바심을 낸다. 그래서 열심히 답톡을 단다.

그렇게 주고받고 주고받고 주고받는다. 단톡방은 쉬지 않고 톡이 올라온다. 원고를 쓰다가도 어느 순간 나도 모르게 스마트폰에 손이 간다.

아하, 왜 사람들이 노상 스마트폰을 손에 들고 놓지 못하는지 이제야 알 것 같다.

카톡, 너무 좋은데
무언가 허전하네

우리 가족 단톡방에서 큰오라버니는 단연 스타다. 농촌 풍광을 담은 자연 사진뿐 아니라 성경 말씀이나 삶에 희망을 주는 좋은 글을 자주 올린다. 요즘에는 직접 찍은 영상 위에 자작 글까지 써서 올린다.

아담한 집과 조그만 텃밭
그리고 함께할 이웃이 있다면
세상에 더 바랄 것이 무엇이 있겠는가!

유명한 시인의 시가 아닌 내 오라버니가 읊조리듯 쓴 시라서 더 뭉클하다. 지극히 평범한 이 한 구절이 무겁게 지니고 있던 한 움큼의 욕망을 내려놓게 만든다.

사진작가인 작은오빠는 작품 사진과 개인전 전시 사진을 올려 전시회에 못 가는 나도 마치 그곳에 다녀온 것처럼 느끼게 해줘 반갑고 고맙다. 혼자 보는 게 아니라 언니들과 동생과 함께 나누니 주고받는 반응들로 감동도 배가 된다.

가끔은 나도 잊고 있던 어린 시절 내 사진이나 상장이 올라오기도 한다. 그러면 서로 갖고 있던 오래전 사진들을 마구 올려댄다. 가난했지만 사랑하는 부모님과 대가족이 함께 살았던 그립고 행복했던 시절. 우리 가족은 그렇게 시간여행을 한다. 디지털 공간에서 아날로그의 향수를 누리는 순간이다.

한번은 언니가 가족 회비로 포도 한 박스씩을 사서 보내겠다는 알림이 올라왔다. 그런데 한 조카가 "나도요"라고 톡을 달았다. 그러자 "미안해 아들. 이것은 가족 회비를 낸 광김패밀리만 해당된다오. 내가 너무 청렴결백해서리~"라는 언니의 답톡이 달렸다(광산 김씨라서 우리 가족 단톡방 이름이 '광김패밀리'다).

그때 다른 언니가 "이모가 보내줄게"라고 톡을 달았다. 그런데 단톡방이라는 걸 깨닫고는 다른 조카들이 생각났는지 "미안, 잘못 올렸나 봐"라고 다시 톡이 달렸다. 그러자 나머지 언니 오빠들이 일제히 톡들을 올리는데 "안 들려~." "에그 요즘 나이가 먹어서 눈과 귀가 통 어두워서~."

나머지 조카들은 신경 쓰지 말고 그냥 보내라는 사랑의 메시지였다. 언니 오빠들 반응에 웃음이 나는 동시에 가족의 따뜻한 애정이 느껴지는 순간이었다.

우리 가족 단톡방은 참 따뜻하고 정겹고, 정말 웃기고 재미있다. 그런데 이렇게 카톡을 즐기고 돌아서면 기분이 좋으면서도 동시에 무언가 허전한 느낌이 든다. 마치 꿈속에서 한바탕 놀다 깨어난 기분이라고 할까. 분명 나는 가족들과 즐겁고 의미 있는 소통을 했는데 도대체 이 찜찜한 기분은 무엇일까?

곰곰이 생각하면서 마음을 살펴보았다. 카톡 하느라 무한정 흘려버린 시간에 대한 허탈감도 컸지만, '좋았다' '재밌었다'는 느낌은 있는데 어떤 내용을 주고받았는지 잘 기억나지 않아 공허함이 함께 밀려왔다.

만약 가족들과 직접 마주 앉아 위의 카톡 대화처럼 이야기를 나눴다면 어땠을까? 언니 오빠들의 눈빛과 말투, 손짓과 몸짓, 그리고 시끌벅적한 가족의 열기와 함께 머물었던 그 공간과 분위기까지 고스란히 온몸으로 경험할 수 있었을 것이다.

그런데 카톡 대화는 그것들을 감지하지 못한다. 미국의 심리학자 엘버트 메라비언은 소통에 있어서 본질적인 것은 말의 내용이 아니라고 강조한다. 말의 내용이 미치는 영향력은 7% 정도로, 그 중요도가 10%도 채 안 된다.

그렇다면 소통에서 93%의 영향을 미치는 것은 무엇일까? 그것은 대상의 표정과 눈빛, 몸짓과 손짓, 말투와 톤 등의 비언어적인 것들이다.

그러니까 나는 시간 가는 줄 모르고 온라인 소통을 즐겼지만, 7%만으로는 메울 수 없는 소통의 갈증을 느꼈던 것이다. 표정과 말투와 몸짓과 눈빛으로 전달되는 가족의 현존과, 생생한 분위기와, 에너지로 전달되는 공간의 실재에 대한 갈증 말이다.

그럼에도 한편에서는 온라인에서도 충분히 잘 소통하고 있다는 착시를 계속 느끼고 싶어 하는 마음이 있다. 톡이 주는 적당한 거리감에 편안함을 누리고 싶은 마음, 대면이든 전화 통화든 실재와의 접촉을 피하고 싶어 하는 마음, 굳이 복잡한 내면을 표현하지 않아도 되는 축약어와 이모티콘의 간편함을 즐기고 싶은 마음.

스마트폰을 사용할수록 즐겁지만 공허하고, 편안하지만 불편하고, 재미있지만 외로운 미묘한 괴리감이 깊어져 갔다.

아, 내가 지금 외롭구나

강의 도중 스마트폰 사용 습관에 대해 물었더니 이구동성으로 하는 말이 딱히 재미있지도 않은데 스마트폰을 들여다보고 있다, 엄청 바쁜데도 틈만 나면 스마트폰으로 시간을 보낸다, 내가 미쳤나 보다, 중독인가 불안하다, 알면서도 그 짓을 또 되풀이한다 등 자책과 답답함의 토로가 대부분이었다.

나 역시 자연스럽게 스마트폰을 만지작거리고, 컴퓨터로 작업하다 보니 어느 순간 인터넷을 검색하는 횟수가 늘었다. 그리고 점점 방금 들은 말도 기억이 안 나고 기도에 몰입하는 힘도 떨어지는 것 같았다. 나이 탓이라고만 생각했는데 혹시 디지털 기기 과다 사용으로 인한 산만함이 원인이 아닐까 덜

컥 불안감이 엄습하면서 안 되겠다 싶었다.

하지만 나 자신을 통제하려고 마음먹고 이런저런 방법을 시도해도 한순간에 무너지고 만다. 약간의 여유라는 틈새, 힘들다는 틈새, 지루하다는 틈새만 열리면 어느 순간 또 스마트폰을 만지작거리고 있는 나를 발견한다. 컴퓨터 작업을 하다가도 '잠깐 쉬고 싶다' 하는 찰나 이미 인터넷 뉴스를 읽고 있다. 그러면 이런 내가 한심하다는 생각에 자책하게 된다.

'틈만 나면 스마트폰으로 달려가는 내가 떳떳치 않아. 그런 내가 싫고 마음에 안 들어.'

'그럼 하지 말아야지!'

단호한 내면의 목소리에, 마음속 깊은 곳에서 작고 힘없는 소리가 들려왔다.

'근데 그게 잘 안 돼…….'

힘이 빠졌다. 내면에서 들리는 슬프고 여린 소리가 싫었다.

그래서 더 강하게 몰아쳤다.

'뭐야? 이미 습관이 된 거야? 너 그 정도밖에 안 돼?!!'

그런데 스마트폰을 하지 말라며 나 자신을 강하게 몰아붙이고 통제하려 하면 할수록 스스로에 대한 실망과 질책만 커져갈 뿐 아무런 도움이 되질 않았다.

다른 특단의 조치가 필요했다. 스마트폰으로 달려가는 그 '틈'에 멈추어 내 마음에게 물어보기 시작했다.

'왜 하는 일의 지속성을 깨면서 자꾸 단톡방을 기웃거리고 있지?'

'왜 인터넷 사이트에 들어가서 이런저런 뉴스를 클릭하며 시간을 보내고 있지?'

'나는 어떨 때 단톡방을 들여다보지?'

'가족 단톡방을 얼쩡거리는 내 진짜 마음은 무엇일까?'

'스마트폰을 들여다보면서 내가 진짜 원하는 건 무엇일까?'

이런 질문들은 생각 없이 습관적으로 스마트폰으로 달려가던 내 마음을 멈춰 세우고, 무의식 깊이에 있는 내면의 욕구를 조금은 용기 있게 바라보게 해주었다. 그곳에는 마음속 깊이 잠자고 있던 나의 슬픔이 있었다.

엄마.

엄마가 계실 때는 엄마를 중심으로 가족들이 만나고 연결되어 있었다. 그런데 어느 날 갑자기 연결고리의 구심점이 사라졌다. 그리고 둥지 잃은 새처럼 어디에 머물러 있어야 할지 몰라 방황하던 즈음, 가족 단톡방이 생겼다.

단톡방은 부모님이 돌아가신 이후, 우리 형제들이 자주 만날 수 있는 특별한 장이 되어주었다. 부모님 기일이 다가오면 각자 가지고 있던 사진들을 단톡방에 올리며 추억을 떠올리거나 부모님을 회상하기도 했다. 우리 가족은 그렇게 단톡방에서 어머니를 잃은 상실감을 달래며 소중한 애도의 시간을 가졌던 것이다.

나는 아직도 엄마를 떠나보내지 못했다. 자주 꿈에 나타난다. 꿈에서는 언제나 살아 계시니까. 꿈속에서도 '아, 다행이다. 어머니가 살아 계시네'라고 생각한다. 그래서 더 가족 단톡방을 어슬렁거린 것 같다. 엄마를 잃은 상실감으로 인한 나의 슬픔과 외로움이 남은 가족과의 소통으로 기울어지게 한 것 같다. 상실이 또 다른 집착을 불러왔나 보다.

소속감에 대한 집착도 있었다. 누군가 시댁은 소속감이 아니라 속박감이라고 하던데, 나에게 수녀원에서의 소속감은 속박은 아니지만 의무처럼 다가올 때가 더 많다. 그에 비해 가족은 어머니에 대한 그리움을 대체할 수 있는, 그래서 무언가 위로가 되는 소속감이다.

슬프고 힘들고 아플 때도 어머니가 그립지만, 가장 사무치게 엄마가 그리울 때는 내가 무언가 특별한 일을 해내서 너무 기뻐 막 자랑하고 싶을 때다. 자기 일처럼 한마음으로 나의 성취를 기뻐하며 내 존재를 인정해주던 엄마. 그런 엄마가 이제 내 곁에 없다. 그럼에도 나는 여전히 나의 존재를 인정해주고 기뻐해주는 한 사람을 간절히 원한다.

무조건적인 지지와 공감을 받고 싶어 하는, 인간으로서의 이 본능적 욕구가 자꾸 가족 단톡방을 기웃거리게 했구나……. 남은 가족을 통해 나의 뿌리이자 원형인 엄마를 느끼고 싶었구나…….

통제와 비난을 멈추고 내 마음에 묻기 시작하니 보였다. 스마트폰 습관 뒤에 숨어 있던 치유되지 않은 나의 상실감과 외로움이.

'디지털 기기 사용이 우리의 내면과 삶에 미치는 영향'에 대해 오랫동안 강의를 해오면서 정말 다양한 사람들을 만났다. 교수나 변호사, 의사나 공무원, 학생이나 학부모, 샐러리맨이나 노동자, 심지어 수도자까지 스마트폰에서 자유로운 사람은 거의 없었다.

직장이 있건 없건, 시간의 여유가 있건 없건, 지식이 많건 적건 상관없이 대부분의 사람이 스마트폰을 한번 만지면 빠져나오기가 쉽지 않다고 하소연한다. 인터넷 쇼핑, 온라인 게임, 음란물에 지나치게 빠져 자책하며 괴로워하는 사람들도 많이 만났다. 그러면서 '스마트폰 과다 사용은 단순히 재미나 정보, 관계를 찾는 욕구의 문제만도, 의지와 자제력의 문제만도 아니지 않을까' 하는 의문이 계속 들었다.

모두 그 짓(?)으로 시간을 보내고 있는 자신이 마음에 들지 않는다고 했다. 그렇다면 원하지 않는데도 계속하게 되는 이유는 무엇일까? 그것은 단지 욕구나 자제력의 문제를 넘어 보다 더 깊은 마음의 이유 때문은 아닐까? 혹시 사람들도 나처럼 지금까지는 미처 알아차리지 못한 깊은 상실감과 외로움을 스마트폰으로 달래고 있는 것은 아닐까?

2
외로워도 슬퍼도 스마트폰으로 숨는다

마음이 허기질 때
당신은 무엇을 하나요?

최근 열흘이 넘도록 스마트폰이나 인터넷을 거의 보지 않았다. 내가 대단한 결심을 해서가 아니다. 그 조금의 틈도 나지 않을 만큼 눈코 뜰 새 없이 바빴던 탓이다. 부산에서 서울로 올라오게 되면서 새로운 업무에 말 그대로 쫓겨 지내고 있다.

여유와 쉼이 목말랐다. 여유 시간이 생기면 책도 읽고 싶고 성당에 홀로 앉아 조용히 기도도 하고 싶었다. 그러다가 오랜만에 달콤한 여유가 찾아왔다. 그런데 정작 쉴 수 있는 시간이 찾아오자, 나는 그동안 보지 못했던 뉴스를 검색하며 인터넷 세상을 떠돌고 있었다.

소중한 여가 시간이 그렇게 지나가고 말았다. 눈과 머리는 더 피곤해지고, 마음은 허망하고 우울하기까지 했다. 나는 바보인가? 도대체 왜 이러는가? 평소 그렇게 원하던 것을 하지 않고 왜 허겁지겁 스크린 속으로 빠져들었을까?

어떤 사람이 말하길, 어린 시절에 자기가 친밀감이 매우 뛰어난 사람이라고 생각했다고 한다. 오가는 어른들에게 늘 먼저 말을 걸었고 심지어 목욕탕을 가는 어르신께 "나도 데려가 주세요"라며 함께 가기도 했단다. 어떤 날은 아예 거리의 벤치에 앉아 오가는 사람들과 한마디씩 주고받으며 하루를 보내기도 했었단다.

그런데 어른이 되어서야 알게 되었단다. 자신이 친화력이 뛰어나서 그렇게 행동한 것이 아님을. 어린아이의 그 행동들은 '외로워서 못 살겠어요. 제발 나 좀 봐주세요'라는 아우성이었음을. 엄마가 바빠서 늘 혼자였던 어린 시절, 엄마의 부재로 인해 불안하고 외로운 마음을 그렇게 멈출 수 없는 산만함으로 표출했던 것임을 비로소 알게 된 것이다.

이 아이의 모습에 나 자신이 겹쳐 보이는 것은 왜일까?

대상관계이론의 영국학파의 대표적 심리학자 로널드 페어

베언W. Ronald D. Fairbairn은 "인간은 대상을 추구하는 존재"라고 한다. 아이는 몸이 아프면 아프다고 말하지만 마음이 아프면 어떤 대상을 찾아 나선다. 슬프고 외롭고 우울한 감정을 마주하기에는 자아의 힘이 약하기 때문이다. 자기 마음을 스스로 직면하고 달래주기가 부담스럽고 버거워서 외부의 어떤 대상을 찾아 헤매는 것이다.

그런데 비단 아이만 그럴까? 며칠 동안 너무 바쁘게 지내면서 나는 마음도 몸도 모두 지쳐 고갈되어 있었다. 멈추지 않고 쉬지 못한 만큼, 나 자신을 돌보지 못한 만큼, 그만큼 공허와 외로움과 우울감이 커져가고 있었다.

그런데 나는 내 안의 그 공허와 외로움을 알아차리지 못했다. 일하고 활동하는 중에는 외부적 요소가 두드러져 보인다. 그러나 활동이 멈춰지면 마치 앵글이 바뀌듯 그동안 잘 보이지 않았던 내 안의 것들이 클로즈업되면서 느껴지기 시작한다.

그토록 바라던 여가 시간, 막상 아무것도 하지 않고 멈추게 되자 내 안에 잔뜩 웅크리고 있던 외로움과 공허함이 더 크게 다가왔던 것이다. 그런데 나는 나의 외로움을 직면하고 달래주지 않고 인터넷 공간을 헤매며 내 외로움으로부터 도망쳤다.

나는 왜 그랬을까?

'아, 나는 외로움을 본능적으로 멀리하고 싶어 하는 존재구나. 외로움을 마주하지 않으려고 자꾸 무언가를 끌어들이는구나. 외로움이 그만큼 두렵구나.'

어쩌면 우리는 외로움을 피하기 위해, 조금이라도 외로움이 새어 나올 틈만 생겨도 누군가에, 무언가에 의존하는 것은 아닐까?

온종일 열심히 일하고 방에 돌아왔을 때, 딱히 할 일이 없고 심심할 때, 오가는 지하철 안에서, 업무에 시달리다 한숨 돌리는 그 잠깐에도 미세한 '틈' 사이에서 치고 올라오는 마음속 외로움.

그 외로움은 우리의 또 다른 본능적 욕구를 불러온다. 이런 나를 누군가 알아주었으면, 이런 나를 무언가 채워주었으면 하는 사랑에 대한 욕구 말이다. 그리고 이럴 때, 스마트폰은 그 누군가, 그 무언가가 되어준다. 조건 없이, 언제나, 어디서나.

디지털 시대를 사는 우리는 외로운 마음속 아이를 스마트폰으로 달래고 있는 것은 아닐까…….

외로움이 '아하'를 만나는 순간

'우리는 외로움을 덮으려고 스마트폰으로 달려가는 것은 아닐까?'라는 생각을 강의 중에, 지인들과의 대화 중에 나누기 시작하자 다양한 반응들이 튀어나왔다. 그중 M 씨가 들려준 이야기가 참 인상적이었다.

모범생으로 살아온 그녀는 소위 말하는 '꿈의 직장'에 취직하게 되었다. 그리고 어렵게 들어간 만큼 잘해야 한다는 생각으로 하루하루 열심히 일했다고 한다. 그런데 직장생활을 시작하면서 습관이 하나 생겼다. 피곤에 지쳐 돌아오는 퇴근길, 집 앞 골목에 있는 제과점 앞을 지나칠 때마다 빵 냄새가 너무나 고소하게 느껴져 자기도 모르게 빵집으로 들어가 빵을 사곤 했다는 것이다.

그러던 어느 날, 문득 책상 위에 쌓여 있는 빵 무더기가 보이더란다. 빵이 모두 곰팡이가 핀 채로 산을 이루고 있었다. 그 순간 별안간에 한 대 얻어맞은 것처럼 정신이 번뜩 났다고 한다.

'내가 배가 고파서 빵을 산 게 아니구나!'

그녀는 그때까지 자신의 행동을 의식하지 못했던 것이다. 무의식 상태에서 무언가에 홀리듯 빵 냄새에 이끌려 빵을 사 들고 와서 뜯지도 않은 채 그대로 책상 위에 던져놓는 행동을 반복하고 있었음을 그제야 깨달은 것이다.

왜? 대체 왜 그랬지? 충격을 받은 그녀는 그때부터 자신의 마음을 돌아보기 시작했다고 한다. 한동안 그렇게 멈춰 생각하고 또 생각하니 자기 마음이 보이더란다.

'아하, 내가 회사 일로 너무 지쳤구나. 마음이 매우 외롭고 힘들었구나.'

먹지도 않을 빵을 이끌리듯 사 들고 온 그 강렬한 욕구는 육체적 허기짐이 아니라 정서적 허기짐이었던 것이다. 자신의 배고픈 마음을 깨닫고 이해해주자 그 후론 빵을 사는 일이 없어졌다고 한다.

그러고 나자 마음의 허기짐에서 나오는 자신의 또 다른 행동이 알아채 지더란다. 근무시간에 몰래 친구와 톡하는 시간이 부쩍 는 것이다. 집에 돌아와서도 잠들지 못하고 컴퓨터 앞에 앉아서 인터넷 사이트를 검색하며 여기저기 기웃대는 시간이 밤늦도록 이어졌다.

그러다 보니 피곤은 가중되고 다음 날 업무 집중도도 떨어졌다. '내가 왜 이러지? 이러지 말아야지'를 몇 번이고 결심했지만 잠깐의 여유라도 생기면 여지없이 스마트폰을 만지작거리는 자신을 보면서 원인이 무엇인지를 생각하게 되었단다.

"처음에는 친구에 대한 친밀감의 욕구라고 생각했어요. 그런데 막상 주말에 친구를 만나서 종일 떠들고 먹고 놀다 집에 돌아오면 오히려 공허함과 외로움이 배가 되어 돌아오는 거예요. 더 힘들어지더라고요."

빵 사건으로 자신의 정서적 허기짐이 크다는 것은 알아챘지만, 그 근원까지 들여다보지는 못한 채 직장생활 2년을 버텼단다. 그러던 어느 날 자신의 퇴직 예정일을 보게 되었단다. '앞으로 30여 년 이상은 걱정 없겠구나' 싶은 안도감이 들 줄 알았는데, 그게 아니라 '앞으로 30여 년 이상을 더 이 일을 해야 하는구나'라고 생각하니 정신이 아득해지면서 숨이 막히더란다. 그때 깨닫게 되었단다. 남들은 '꿈의 직장'이라 말하는 이 일이 자신에게 얼마나 맞지 않는지를 말이다.

그녀는 고민 끝에 결국 사표를 냈다. 그리고 자신은 어릴 때부터 책을 무척 좋아했다는 사실을 알아채고 지금 책과 관련된 일을 하고 싶어서 대학원에 다니고 있다. 그녀는 밝은 표정으로 이렇게 덧붙였다.

"이제는 알겠어요. 그렇게 갈망했던 친밀감은 친구가 아니었어요. 바로 나 자신과 친해지고 싶은 욕구였어요."

프랑스 정신분석가 장-다비드 나지오Juan-David Nasio는 이렇게 말한다. "의미를 찾아내지 못한 것은 늘 행동으로 되풀이된다. 의미를 찾아내야 그 행동은 더 이상 반복되지 않는다."

빵을 사도, 온종일 톡을 해도, 밤늦도록 컴퓨터와 텔레비전을 봐도, 주말에 친구를 만나 웃고 즐겨도, 그 행동이 어디에서 나오는 것인지 의미를 찾지 못했을 때 그녀는 우울함과 무기력에 시달렸다.

"사는 게 다 이렇지, 힘들지 않은 일이 어디 있어?"라는 말로 자신을 억누르며 꾸역꾸역 살았다. 스마트폰과 컴퓨터와 텔레비전으로 가는 행동을 되풀이하면서.

그런데 그 행동의 의미가 무엇인지, 자기 내면의 목소리를 마음으로 알아차리게 되자 비로소 무의미하게 되풀이했던 행동들을 멈추고 다른 선택을 할 힘을 낼 수 있었다.

스마트폰과 관련된 다양한 강의를 하면서 만난 수많은 사람은 이구동성으로 나에게 물었다.

"의미 없다는 걸 알면서도 왜 이 의미 없는 행동을 반복하고 있을까요?"

"정말 안 하고 싶어요. 하지만 끊으려고 해도 안 되는데 어떡하죠?"

"도대체 저는 왜 이러는 걸까요?"

나 역시 어떤 변화를 시도할 때 잘 되지 않으면 쉽게 나오는 말들이다.

그런데 가만히 생각해보면 이 모든 말들은 내 머리에서 나오는 한탄이지 가슴에서 나오는 깨달음은 아니었다.

머리와 가슴의 거리가 참으로 멀다는 생각이 든다. 이렇게 우리의 머리와 가슴이 따로 놀면서 만나지 못할 때, 우리는 의미 없는 행동을 반복하며 자책하게 된다. 자꾸만 스마트폰으로 달려가는 내가 마음에 들지 않는다면, 지금 우리에게 필요한 것은 머리에서 가슴으로 내려오는 일일 것이다. 머리에서 가슴으로 내려와 둘이 만날 때, 그때 '아하' 하고 소중한 의미가 찾아온다.

그 '아하'에서부터 변화는 시작된다. 이제 중요한 질문이 떠오른다. 그렇다면 도대체 머리에서 가슴으로 어떻게 내려가야 하는 것인가?

외로움은 무엇으로 치유되는가

강의하러 이동할 때는 주로 기차를 이용한다. 기차 안에서 나는 철저하게 혼자다. 아무도 보는 사람이 없어서일까, 혼자여서 심심해서일까, 기차 안에서는 스마트폰의 유혹을 더 느낀다.

언젠가 기차로 이동하는 중에 언니와 카톡을 주고받다가 그 속에 빠지고 말았다. 카톡이 끝났는데도 연이어 인터넷 검색을 하였다. 그렇게 시간을 흘려보냈다. 사실 나는 기차에서 책을 읽을 때 가장 집중이 잘 되는데…… 그래서 읽을 책도 챙겨왔는데…….

미국의 저널리스트인 대니얼 액스트Daniel Akst는 《자기절제 사회》에서 "외로움이 자기절제를 약화시킨다"고 했다. 가만히 생각해보니 나 혼자 있을 때 스마트폰과 인터넷의 유혹을 더 느꼈던 것 같다.

잘 모르는 사람들 속에서 나 혼자일 때, 누군가와 이야기 나누다 그가 잠깐 자리를 비워 혼자 남겨질 때, 이렇게 나 혼자 기차를 타고 어디론가 가야 할 때, 그 잠깐의 홀로가 스마트폰을 만지작거리게 한다. 스마트폰을 보는 그 자체보다, 스마트폰을 하지 않으면 외로움을 느끼는 것이 문제다. 이 외로움을 어떻게 할 것인가?

외로움은 심심함으로 오기도 하고, 지루함과 무기력함으로 오기도 하며, 불안과 초조한 감정으로 찾아오기도 한다. 이럴 때 스마트폰은 외로운 나를 잊게 하는 강력한 도구다. 그런데 아이러니하게도 장시간 스마트폰을 들여다보고 나면 마음은 더 외롭고 허해진다. 외로움은 스마트폰으로 해결되지 않는다. 이 사실을 나도 알고 있다. 그런데도 혼자 있을 때면 스마트폰의 유혹을 느낀다. 왜냐하면 외로움에서 벗어나고 싶어서.

어쩌면 우리는 외로움을 무엇으로 해결해야 하는지, 외로움은 무엇으로 치유되는지 잘 몰라서 편하고 익숙한 스마트폰에 자꾸 의존하는 것은 아닐까? 알면서도, 스마트폰으로 이 외로움이 치유되지 않음을 알면서도 다른 길을 잘 몰라서 말이다.

외로움과 관련해 나에게 새로운 깨달음을 준 경험이 있다.

10여 년 전 미국에서 영성 공부를 할 때다. 그다지 등반을 잘하지 못하는 내가 처음 등산할 때부터 하산할 때까지 기분 좋게 오른 산이 있다. 누구나 한 번쯤 오르고 싶어 하는 미국 서부 요세미티 국립공원의 하프 돔이다. 2,698미터 높이에, 눈까지 와서 만만치 않은 코스였는데도 어떻게 그렇게 가뿐하고 기분 좋게 등반할 수 있었을까?

나는 이방인으로 외국인들과 함께 산행해야 했다. 누구도 나를 대신해 걸어줄 수 없고, 서로 격려하고 의지할 만한 지인도 없었다. 걷기 수련이라 생각하고 산과 외로움을 친구 삼아 말없이 걷자고 마음 먹었다. 그리고 산행하기 한 달 전부터 매일 저녁 동네를 걷고 워킹머신 위를 걸으며 마음과 몸을 준비해갔다.

드디어 산행이 시작되었다. 어두컴컴한 이른 새벽, 달랑 하나 주어진 샌드위치를 보니 어떻게 견딜까 싶으면서 앞이 캄캄했다. 하지만 선택의 여지가 없다고 확실하게 체념한 탓인지 막상 산행을 시작하자 별로 배고픔도 느껴지지 않았다.

올라갈수록 하얀 눈이 보이면서 길이 점점 더 미끄러웠다. 몇 번이고 넘어지고 또 일어서면서 '내가 이토록 굳게 마음먹고 무언가를 해낸 적이 있을까?' 싶게 열심히 걸었다. 그렇게 넘어지고 일어서기를 반복하면서 하프 돔 암벽 아래에 도착했다.

그런데 생각보다 그렇게 힘들지도 지치지도 않았다. 분명 쉽지 않은 산행이라는 것을 알았고, 누군가 날 도와주리라는 기대도 하지 않았다. 혼자임을 철저하게 인정하고, 마음을 비우고 내맡겼다.

그런데 그 누구에게도 소속되지 못한 외로운 현실이 오히려 산행하는 데 더 힘을 주었다. 다른 일행이 자기들끼리 농담을 주고받으며 함께 어울리며 올라가도 나는 내 페이스대로 걸었다. 나 혼자라는 현실이 외로웠지만 그 외로움이 한편으론 좋았다.

그날 나는 나 혼자라는 사실을 철저히 즐길 수 있었다. 산행을 마치고 내려오는 길, 몰려오는 어둠 속에서 가슴 벅찬 행복으로 마음이 꽉 채워짐을 느꼈다.

어쩌면 우리는 외로워서 혼자 있지 못하는 것이 아니라 혼자인 나 자신과 마주하지 못해서 외로운 것은 아닐까? 외로움은 문득 찾아오는 것이 아니라 나라는 존재 자체가 외로움일지도 모르겠다. 그래서 외로움과 마음의 허기짐은 피할 수도 채울 수도 없는 것일지도 모르겠다.

육체적으로 허기가 진다고 해서 너무 많이 먹으면 속이 편하지 않듯, 그리고 아무리 한 끼에 많은 양을 먹어도 다시 배가 고파지듯, 우리 존재의 외로움과 마음의 허기 역시 꽉 채울 수도, 한 번 채운다고 그것으로 해결되는 것도 아닌 것 같다.

그렇다면 우리는 늘 마음의 허기짐을 느끼며 살아가는 것이 자연스러운 것은 아닐까. 본래 외로움은 채워지는 것이 아니라 그냥 비어 있는 그 상태를 인정하고 품어야 하는 것은 아닐까 싶다.

외롭다고 느끼는 순간이야말로 나와 마주할 수 있는 특별한 순간이다. 외로움에 홀로 머무는 것은 나 자신을 음미하고 나의 현존을 적극적으로 수용하는 아름다운 경험이다. 하느님의 현존도, 이웃의 현존도 반드시 나의 현존을 통과해야 한다. 기도도, 사랑도, 봉사도 모두 나의 영혼과 마음에 담아내야 한다. '나'라는 현존을 충만히 누리지 못하면 이 모든 것은 그저 기능적인 일이 되고, 나는 소외된다. 나 자신의 현존을 얼마큼 마주하고 평온하게 수용하느냐에 따라 외로움은 괴물이기도, 친구이기도 할 것이다.

지금부터 외로움을 연습하고 싶다. 나의 현존 앞에 온전히 마주할 때 오는 '좋다'라는 느낌, 평온하고 잔잔한 이 느낌을 반복해서 느끼고 싶다. 나 홀로 외로운 그 순간, 스마트폰을 내려놓고 나 자신과 마주하고 싶다. 조개가 모래를 품으면 진주로 변하듯, 나도 외로움을 그대로 품고 싶다. 외로움은 스마트폰으로 채워지지 않는다. 외로움은 외로움을 인정하는 것으로 해결 가능하다.

내면 아이에게 말 걸기

어느 날 "일상에서 오는 불편하고 외로운 감정을 덮어버리기 위해 스마트폰이나 텔레비전으로 숨게 되면 상처받기 쉬운 내면의 결핍을 제대로 인식하기 어렵다"라고 강연하는 중이었다. 듣고 있던 로사 씨가 입을 열었다.

"이제 좀 알 것 같아요. 내가 왜 그렇게 버럭 화를 내고 폭력적으로 굴었는지……."

로사 씨의 진솔한 고백이 강의실 분위기를 경건하고 숙연하게 만들었다.

로사 씨는 자신이 늘 바쁘게 열심히 살아왔다고 생각했다.

그런데 그렇게 성실하게 하루하루 살고 있는데도 원인 모를 우울과 공허함에 잠 못 이루는 불면의 날이 많았단다. 로사 씨는 그럴 때마다 스마트폰이나 텔레비전에 더 집착하듯 매달렸다고 한다. 하지만 마음은 점점 더 강팍해져서 자기도 모르게 소리를 지르거나 물건을 던질 정도로 내면의 화와 상처는 커져만 갔던 것이다.

그런데 강의를 들으면서 '아하'가 찾아왔다. 자신이 지금 마음이 얼마나 허기지고 아픈지, 내면의 나와 만나지 못해서 얼마나 외로운지, 그런데도 스마트폰이나 텔레비전으로 내면의 불편한 감정을 덮기에만 얼마나 급급했던지.

우리 모두에게는 아이가 있다. 불안에 떨며 외로움에 굶주린 내면 아이 말이다. 너무 오랜 시간 그 아이의 소리를 외면해 언젠가부터 마음 저 깊숙이 어딘가로 그 아이가 숨어버렸다. 그래서 단번에 만나지지 않을 수 있다.

그런데 이 아이를 만나지 못한다면, 우리의 마음은 계속 허하고 외로울 수밖에 없다. 그 감정은 내가 나를 만나야만 해소되는 존재의 외로움이기 때문이다. 왠지 마음속 한구석이 허전하고 공허할 때, 이상하게 불안하고 초조해서 스마트폰으로 달려가고 싶을 때, 지루하고 심심하고 외로워서 텔레비전이나 볼까 싶을 때, 해야 할 일이 있는데도 인터넷 검색이나 SNS 사이트로 여기저기 돌아다니며 놀고 싶을 때, 그때가 바로 마음속 아이에게 말을 건넬 때다.

그럴 때 나는 우선 호흡을 가다듬고 고요한 마음으로 내 내면 아이를 바라본다. 모든 관계는 관심을 가지고 멈춰서 '바라보기'에서부터 시작해야 한다. 진짜 아이와 대화하듯 어떤 비난이나 판단 없이 어린 시절 엄마에게 바라던 위로의 시선으로 나 자신을 바라보자.

'걱정되니?' '버겁니?' '막막하니?' '지루하니?' '그냥 놀고 싶니?' 이렇게 나는 내 내면 아이의 상태를 물으면서 내 감정을 고요히 바라본다.

그러면 아이의 소리가 들려온다.

'오늘 저녁은 그냥 실컷 놀 거야!'

'지금은 아무것도 하고 싶지 않아.'

'내가 할 수 있을까? 두려워.'

'재미가 없어. 난 재미를 느끼고 싶어.'

'화가 나서 참을 수가 없어. 이거라도 하지 않으면 죽을 것 같아.'

'이러고 있는 내가 싫어.'

아이의 이런 감정을 있는 그대로 수용하면서 공감해준다.

'오늘 밤은 아무 생각 없이 놀고 싶구나.'

'아무것도 하고 싶지 않구나. 지쳤구나.'

'두렵구나. 버겁고 막막하고 걱정이 되는구나.'

'지루하구나. 마음이 충전될 즐거움을 맛보고 싶구나.'

'오늘 회사에서 일어난 일이 너를 참을 수 없게 만들었구나.'

'한 시간만 하려고 했는데 밤늦게까지 스마트폰에 빠진 게 싫구나.'

마음속 아이는 에너지가 고갈되어 해야 할 일을 감당하기 버거운 상태일지도 모른다. 지금 하고 있는 일에 대한 책임감이 너무 무겁게 느껴지고 혼자라는 두려움에 압박감을 느끼고 있을지도 모른다. 잘해야 하는데 잘할 수 없을 것 같다는 두려움에 괴로운지도 모른다. 그래서 자기조절에 실패하고 자꾸 도망가고 싶어지고 가벼운 재미를 찾아 충동적으로 행동해버리는 걸 수도 있다.

그런 아이에게 하지 말라고 하면 아이는 더 칭얼거린다. 그러니 아이를 닦달하지 말자. 걱정, 버거움, 막막함, 지루함, 두려움, 불안, 초조, 서러움, 슬픔, 고통, 외로움…… 이 모든 감정을 없앨 수는 없다. 다만, 어른인 내가 할 수 있는 몫은 이런 감정에 예민하게 반응하는 내면 아이를 바라보며 말을 걸고 토닥이고 보듬어주는 것이다.

지금 나는 원고를 쓰면서 내일 일정을 생각한다. 순간 스마트폰을 열고 일정을 확인하고 싶어진다.

'저런, 내가 이 원고를 빨리 끝내고 싶은 게로구나.'

나의 욕구는 일정을 확인하고 싶은 것만이 아니라 지금 이 순간을 벗어나고 싶은 것이다. 원고 쓰는 것이 힘든 것이다.

'원고 쓰기 힘들지? 빨리 끝내고 쉬고 싶고 놀고 싶지? 그래 이 장만 끝내고 산책 좀 하고 오자.' 이렇게 나 자신을 토닥인다.

무언가를 해내야 하는 책임 앞에서 놀고 싶다는 내면 아이의 유아적 욕구를 알아채는 것, 지금 하고 있는 일이 힘들어서 회피하고 싶고, 나 홀로 감당해야 하는 이 외로움이 버겁게 느껴진다는 것을 알아채는 것. 이걸 알아주기만 해도 나는 '지금 여기' 현실 세상으로 돌아온다. 그리고 그 현실에서 새로운 시작을 할 수 있다.

이 순서대로 하지 않아도 된다. 그저 마음에 와닿는 한 부분만 반복해도 좋다. 사람을 사귀는 데 시간이 필요하듯 내 마음속 아이와의 관계맺기도 시간이 걸린다. 매 순간 반복하고 반복하다 보면 어른인 내가 아이인 나를 돌보고 소통하는 것에 익숙해진다. 그리고 마음속 아이가 나를 바라보며 웃고 있다는 느낌이 든다. 그때 나는 알게 된다. 내가 나에게 이해받고 사랑받고 있다고 느끼는 것보다 더 큰 행복은 없음을.

중요한 것은 내면 아이에게 '사랑스럽게' 말을 건네는 것이다. 내면 아이에게 말을 걸 때는 부드럽게 웃는 얼굴로 경쾌하게 하는 게 좋다. 뇌는 우울하고 기운 없이 말을 걸면 힘을 실어주지 않는다.

약간 오버해도 좋다. 약간 오글거려도 좋다. 한번 해보자. 없던 기운도 나온다. 내 마음속 아이는 아마도 이런 관심을 간절히 원하고 있는지도 모른다.

참 좋은 외로움

어느 봄날, K 씨가 나에게 '사무치게 외롭다'는 메일을 보내왔다. 내가 체험했던 외로움을 나누고 싶었다. 외로움은 물리치거나 거부해야 하는 것이 아니라, 스스로 품어 안고 가는 것이라는 것을. 그래서 외로움도 껴안으면 소중한 동반자가 되고, 품으면 강력한 에너지가 될 수 있다는 것을.

그가 외로움으로 외로워하지 않고 오히려 외로움으로 행복함을 느낄 수 있기를 바라며 답장을 보냈다.

K 씨,

따뜻한 봄기운이 여자의 마음을 흔들어놓는다고 하지요.

화창한 날씨가 오히려 더욱 외롭게 만들기도 하는 것 같아요.

제가 좋아하는 사상가 지두 크리슈나무르티Jiddu Krishnanuti* 는
외로움은 극복하는 것이 아니라 이해하는 것이라고 합니다.
극복은 정복하기 위한 끝없는 싸움이고,
이해는 내면적 결핍을 바라보며 수용하는 것이니까요.

어쩌면 외로움이란 감정은 무언가로 채워야 하는 것이 아니고
없애야 하는 것은 더더욱 아닌
그저 바라보아야 하는 내 운명의 소중한 동반자가 아닐까요?

그렇게 바라보고 또 바라보다가
내 내면의 내적 결핍들이 고요히 빛나는 내적 비움으로 살아나고
거기에 우리의 희망이 있으리라 믿고 싶습니다.

저도 가끔 지독한 외로움이 엄습해올 때가 있습니다.
수많은 사람과 함께 웃고 떠들고 난 뒤 돌아설 때나

* 20세기 철학가이자 정신적 스승으로 알려진 명상가이며 인도 철학자.

혼자 고요히 정원을 거닐 때나
시도 때도 없이 찾아오는 외로움.
그러나 어느 순간 외로움과 슬픔의 감정이
'참 좋다!'라고 느껴질 때가 있습니다.
이것이 비움인지는 모르겠지만,
슬픔의 감정이 행복의 감정과 그다지 다르지 않다는
소중한 체험을 하는 순간이 있답니다.

전에 K 씨를 만났을 때,
하느님께서 K 씨를 많이 사랑하고 있다는 것을
확신할 수 있었습니다.
그러니 용기를 내셔서 외로움을 바라보고
사랑스럽게 안아보세요.
분명 행복한 감정이 고요히 찾아오리라 믿어요.

3

'하지 말아야지'와 '또 하고 있네'의 무한 반복에서 벗어나는 길

뇌를 이해하면 길이 보인다

내가 가장 싫어하는 것은 '일을 미루는 것'이다. 내가 해야 할 일이라면 싫어도, 재미없어도, 힘들어도 최선을 다해 기한 내에 마쳐야 한다. 쓸데없는 일에 빠져서 시간을 대충 흘려버리는 것이 참 싫고 마음도 불편하다.

그런데 해야 할 일이 있는데도, 심지어 바쁘기까지 한데도, 나도 모르게 인터넷이나 스마트폰에 빠질 때가 있다. '하지 말아야지. 그런데 나 또 이러고 있네'라고 생각하면서. 어떻게 해야 '하지 말아야지'와 '또 하고 있네'의 무한 반복에서 벗어날 수 있을까?

그런데 문득 무한 반복의 갈등은 '나의 의지력에 구멍이 생겨서가 아니라 너나 나나 할 것 없이 다 그런 게 아닐까'라는 생각이 든다. 그러니까 내 마음속의 문제라기보다 뇌에서 일어나는 지극히 자연스러운 현상이 아닌가 하고 말이다.

뇌과학자들은 뇌 시스템이 가족 공동체와 비슷하다고 말한다. 각각의 뇌가 독립적으로 자신의 역할을 수행해나가지만 동시에 서로 존중하고 배려하고 협력하는 것이다. 하지만 간혹 소통문제로 갈등이 생기면서 뇌에서 버퍼링이 일어날 때도 있다. 그러니까 나의 뇌 시스템 한쪽에서는 "용은아, 낼 프레젠테이션이 있는데 지금부터 준비해야지"라고 말한다. 그러자 다른 편에서 "그래, 알고 있어"라고 대답은 하지만 여전히 스마트폰을 만지작거리는 거다.

분명 나는 지금 이 순간 무엇을 해야 하는지 잘 알고 있다. 그런데 아는 것과 다르게 엉뚱한 것에 빠져 있는 것이다. 이럴 땐 놀면서도 참 마음이 불편하다. 그런데 불편함을 느끼면서도 또 논다. 물론 나는 놀고 있으면서도 불편해하고 있다는 걸 알고 있다.

이런 상황이 반복되면 뇌에서 심각한 불화가 일어나면서 놀아도 더 이상 즐겁지 않다. 뇌 시스템 간의 분쟁은 생각보다 더 나를 피곤하고 우울하게 만든다.

그렇다면 어떻게 해야 내 머릿속 각각의 뇌가 친밀하게 소통하면서 서로의 역할을 잘 수행할 수 있을까? 우선 나의 뇌가 어떻게 구성되어 있는지 그 시스템을 먼저 잘 알고 이해해야겠다. 뇌의 시스템은 이렇다

1. 가장 오래되어 나이가 많은, 생존을 담당하는 원시피질의 뇌간
2. 기쁨과 분노, 사랑과 미움 등 감정을 조절하면서 보상회로를 움직이는 구피질인 중뇌인 변연계
3. 뇌피질 중 가장 최근에 분화된 성숙하고 똑똑한 생각의 뇌, 신피질의 전두엽

이중 신피질의 전두엽이 발생학적으로는 막내지만 나의 품위를 지켜주는 최고의 기관이다. 전두엽은 막강한 리더십을 발휘해 영적인 것을 추구하며 자기실현을 추진하는 능력이 탁월하다. 우리의 의식적 활동을 담당하면서 선하고 의미 있는 것을 향하여 몰입하고 집중하게 하는 참으로 고마운 뇌다.

그런데 재미있는 점은 총 리더 격인 '이성과 의지의 뇌' 전두엽은 '감정과 정서의 뇌'인 중뇌의 변연계에서 에너지를 충전 받아야 한다는 사실이다. 그러니까 의지는 감정에서 에너지를 공급받아야 자기 역할을 제대로 수행할 수 있다. 성숙하게 의지력을 잘 발휘하고 싶다면 나의 감정과 정서가 밝고 맑게 촉촉해져야 한다.

'내일까지 원고를 끝내야 해.'

어느 날 나의 뇌의 사령관인 전두엽은 집중 모드에 돌입하면서 다른 뇌들도 따라오라고 지시한다. 그런데 정서의 뇌에서 '지금 피곤해. 그냥 스마트폰이나 하고 놀 거야!'라고 저항한다.

이때 전두엽이 '그래도 지금 원고 작업해야 돼!'라고 밀어붙이면 내 정서의 뇌에 비상이 걸린다. 정서의 뇌는 감정뿐만 아니라 몸의 체내 환경도 담당하기 때문이다. 그러니 피곤하다는 정서의 뇌를 억지로 밀어붙이면 기분이 나빠질 뿐 아니라 몸의 컨디션도 좋지 않다. 하고 싶지 않은데 억지로 하니 정서의 뇌가 쉽게 지쳐버린다. 아무리 좋은 것이라도 억지로 하게 되면 스트레스가 쌓이는 이유다.

에너지를 공급해줘야 할 정서의 뇌가 이런 상태가 되어버리면 전두엽도 방전이 된다. 해야 한다고 생각은 하지만 이미 지쳐버린 정서의 뇌가 힘을 실어주지 못해 억지로 꾸역꾸역 하다 보면 집중력도 금방 떨어지고 무기력해진다.

게다가 정서의 뇌가 스트레스를 받아 체내 환경이 무질서해지면 생존의 뇌인 뇌간이 불안해진다. 생존에 위험을 느끼는 것이다. 그래서 여차하면 물어뜯거나(공격 모드) 도망쳐버릴 태세(회피 모드)에 돌입하면서 긴장 상태에 놓이게 된다.

적절한 긴장감은 생존에 필요하지만 이처럼 과도한 긴장감은 뇌간을 극도로 지치게 한다. 그러니까 전두엽이 아무리 치밀한 계획을 세우고 강한 의지를 발동해도 정서의 뇌, 생존의 뇌와 협력하지 않으면, 다시 말해 긴밀하게 충분히 소통하지 않으면 아무것도 제대로 할 수가 없다.

이렇게 뇌의 시스템을 이해하면 한결 마음이 가벼워진다. '나는 왜 이렇게 의지가 약하지'라면서 자책하지 않고 그 대신 정서의 뇌를 잘 돌보게 된다. 생각대로 의지대로 잘 안 될 때 '해야만 하는 것'보다는 '하지 못하는' 내 마음을 알아주고 보듬어주는 게 중요하다. '아, 지금 원고를 쓸 만큼 힘이 없구나' '내가 지금 많이 힘들구나'라고 진심으로 토닥토닥 나를 위로해주자.

강의할 때 이렇게 뇌과학의 관점을 설명해주면 듣는 사람들은 고개를 크게 끄덕이면서 한결 분위기가 편안해진다. 아마 그들도 나처럼 마음의 짐을 덜고 조금은 위로받는 게 아닐까? 그렇다면 나의 뇌가 서로 친밀하게 소통하고 협력하기 위해서는 구체적으로 어떻게 하면 좋을까?

전두엽에게 자비를

정서의 뇌와 잘 지내기 위해서는 뇌의 리더인 전두엽과 잘 소통해야 한다. 그래야 다른 뇌의 시스템과도 유연한 관계를 유지할 수 있다. 상대를 알아야 길이 보이니 전두엽의 기능에 대하여 공부하는 것도 좋겠다.

전두엽이 어떤 기능을 하는지를 보여주는 아주 고전적인 연구 사례가 있다. 1848년 미국 버몬트 철도회사의 평범한 직원이었던 피니어스 게이지Phineas P. Gage는 폭발 사고로 쇠막대기가 뇌를 관통하는 엄청난 사고를 당한다. 쇠막대기가 뚫고 나간 부분은 정확히 뇌의 전두엽 부위였다. 놀랍게도 그는 운동기능과 언어기능에 아무런 이상이 없이 완벽하게 회복되었다. 기억력에도 이상이 없었다. 왼쪽 시력을 잃은 것 외에는 기적 같은 회복력이었다.

그런데 대수술과 치료를 마치고 집으로 돌아온 이후 일상생활에서 문제가 드러나기 시작했다. 그의 성품이 완전히 변해버렸던 것이다. 어질고 착했던 그는 통제 불가능한 포악한 성격으로 변해버렸다. 이기적이고 자주 화를 낼 뿐만 아니라 인내하며 집중해야 하는 일은 도저히 수행할 수 없었다. '피니어스 게이지 증후군'이라는 말이 생겼을 정도로, 그의 사례를 계기로 학자들은 전두엽에 관한 다양한 연구를 하게 됐다.

전두엽이 손상된 사람들에게 공통적으로 드러나는 것은 인내력과 자제력, 자비심과 공감력이 떨어지고 도덕과 윤리에 취약해진다는 사실이다. 게으르고 무기력하며 미래에 대한 진취적인 면도 현저하게 떨어진다. 또한 한 가지 일에 집중하지 못하며 끝까지 해내는 일도 드물다. 중독성 있는 습관에 매몰되기도 하고 잘못된 행동을 수정하는 것도 쉽지 않다.

달리 말하자면, 전두엽이 그러한 기능을 모두 관장하고 있다는 것이다. 알면 알수록 전두엽은 인간으로서의 존엄을 드러내는 가장 축복받은 하느님의 선물인 것 같다. 나를 인간으로서 빛나게 해주는 전두엽. 이 전두엽이 맘껏 기능을 다 하고 꽃피우도록 돌보는 일이야말로 얼마나 중요한가. 이렇게 고마운 전두엽을 어떻게 보살필 수 있을까?

여태까지 한평생 살아오면서 단 하나 확신할 수 있는 건 행복과 불행은 한 끗 차이고 그 한 끗은 바로 소통에 달려 있다는 것이다. 내가 어떻게 소통하느냐에 따라 천국과 지옥은 한순간에 바뀐다.

누군가와 엄청나게 다툴 때, 내 분노의 눈빛, 목소리, 손짓, 태도만으로도 화약고에 불을 던져 상대의 감정을 활활 타오르게 할 수 있다. 반대로 내 소박하고 자비로운 태도로 거센 폭풍이 한순간에 제압되고 더 고요하고 잔잔한 바닷가에 서서 서로의 손을 따뜻하게 잡아줄 수도 있다.

누구나 그러하듯 나 역시 크고 작은 일상에서 이런 경험을 수도 없이 반복한다. 그러니까 갈등과 다툼 자체가 나를 불행하게 하지는 않는다. 함께 사는 구성원들과 그 갈등을 어떻게 소통하면서 풀어 가는지가 관건이다. 이때 리더의 태도가 무척 중요하다.

뇌도 마찬가지다. 각각의 뇌들이 불필요하게 다투면서 더 많이 소진되기 전에 함께 소통하는 법을 배워야 한다. 그러기 위해선 우선 뇌의 리더인 전두엽을 잘 돌보며 자비로운 마음을 심어줄 필요가 있다.

전두엽에게 자비를? 수녀로서 하는 엉뚱한 말이 아니다. 진실로 전두엽은 자비로운 마음을 지닐 때 빛을 발한다. 내가 언제 가장 자비로운 마음이 생기는지 곰곰이 생각해보면, 모든 것을 멈추고 조용히 기도할 때다. 비록 여러 가지 상황에서 화를 내고 짜증도 내지만 두 손 모아 기도하는 순간의 용은 수녀는 온유하고 자비롭다.

실제로 신경학자들은 여러 연구와 실험을 거듭해온 결과, 명상을 하거나 기도할 때 평상시보다 전두엽이 훨씬 더 활성화된다는 것을 밝혀냈다. 놀라운 것은 명상과 기도로 활성화된 전두엽은 자비와 인내에 대해서도 적극적으로 반응한다는 점이다. 전두엽이 자비에 적극적으로 반응하게 되면 몸과 마음에 여유가 생긴다. 자비와 인내에 적극적으로 반응하면 할수록 여러 가지 갈등상황을 더욱 더 잘 해결해나갈 수 있다. 그러니까 명상과 기도는 행복한 뇌, 인내와 끈기의 뇌, 사랑의 뇌로 전두엽을 키워주는 양식이다.

전두엽이 자비의 뇌가 되기를 간절히 원해야겠다. 다행히 도 우리 뇌에는 경험에 의해 변화되는 '가소성'이라는 것이 있다. 내가 진심으로 원하는 것을 반복하면 뇌는 그것에 반응한다. 게이지처럼 엄청난 사고로 전두엽 부위가 회복 불가능할 정도로 망가지지만 않는다면, 뇌의 신경세포 구조는 얼마든지 변할 수 있다. 설혹 어떤 역할을 담당하는 뇌세포가 죽었다 하더라도 손상되지 않은 다른 뇌세포가 그 기능을 대신하기도 한다. 우리 뇌는 이처럼 강하고 유연하고 놀랍다.

뇌의 가소성을 믿으며 소중한 전두엽에게 칭찬과 감사를 보내고 싶다. 내 생각과 말만으로도 뇌의 구조가 바뀐다. 상상만 해도 변화는 온다. 매 순간 진심으로 그렇게 되기를 원하기만 한다면.

전두엽을 위한 소망의 기도를 매일 반복해야겠다. 고래도 춤추게 하는 칭찬과 감사가 전두엽도 춤추게 하지 않을까?

작은 것에 기뻐하고 만족하게 해줘서 고마워.

단순하고 밋밋하고 평범한 것을 새롭고 빛나게 바라볼 수 있게 해줘서 고마워.

이 세상 모든 것에 의미를 부여하면서 학습하는 것을 즐길 수 있게 해줘서 고마워.

충동적으로 반응하지 않고, 인내하고 자제하게 해줘서 고마워.

내일을 위해 계획하고 기다릴 줄 알게 해줘서 고마워.

익숙한 습관에 빠져 반항하고 저항하는 다른 뇌들을 감싸주고 이끌 수 있게 해줘서 고마워.

무엇보다 이렇게 멈춰 너를 생각하고 명상하면서 사랑과 자비심이 날로 커갈 수 있게 해줘서 고마워.

정서의 뇌에게 격려를

이성과 의지의 뇌라고 불리는 전두엽이 '그래, 나는 오늘부터 저녁에 스마트폰을 보지 않고 1시간 동안 책을 읽을 거야'라고 결심했다고 하자. 그러면 이 결심을 떠올린 순간부터 정서의 뇌는 불안해진다. 정서의 뇌 입장에서는 전두엽이 새로운 것을 시도하려고 하면 자신은 그만큼 에너지를 지불해야 하기 때문이다. 그래서 일단 경계부터 한다. 오른손으로 밥을 먹다가 왼손으로 먹게 된다면 얼마나 신경 쓰이고 불편하겠는가. 늘 하던 대로 하지 않고 새로운 것을 해보려는 전두엽의 의지가 정서의 뇌에게는 이렇게나 신경 쓰이고 부담스러운 일이다.

"인간은 익숙한 화학적 자극을 주는 대상을 찾는다"라는 조 디스펜자Joe Dispenza의 말처럼 정서의 뇌는 그동안 해왔던 익숙한 것으로 되돌아가고 싶어한다. 우리가 새로운 결심을 하고 나면 오히려 이전 것이 더 생각나고 더 갈망하게 되는 것도 익숙함을 추구하는 뇌의 저항 때문이다.

'오늘 저녁부터는 절대로 스마트폰 만지지 말고 책을 읽거나 기도해야지'라고 결심하면 이상하게 책에 집중이 더 안 될 때가 있다. 오히려 그날따라 유난히 스마트폰이 더 생각난다. 그렇다면 그때 정서의 뇌에게 관심을 기울여야 한다.

'아, 정서의 뇌가 반항하느라 용쓰고 있구나, 귀엽다, 너.' 이렇게 씩 한번 웃어주는 것도 괜찮다. 그러고 나서 정서의 뇌에게 사랑을 주고 격려해주자.

'1시간만 스마트폰 하지 말고 책 읽자는 목표가 너무 부담스럽구나? 맞아. 안 그래도 일도 많고, 잠도 잘 못 자고, 딱히 웃을 일도 기쁠 일도 없어서 너도 많이 지쳐 있는데, 내가 너를 너무 몰아붙였나 보다.' 그러고는 목표를 확 낮춰버린다. '애개?' 싶을 정도로 아주 확 낮추는 거다. '오늘은 집에 가서 딱 10분만 책을 보자. 10분만. 어때?' 그러면 정서의 뇌는 마음이 내키지 않아도 '10분 정도야' 하면서 크게 저항하지 않을 수도 있다.

만약 10분도 싫다는 기분이 든다면? 내 정서의 뇌가 정말 많이 지쳐 있다는 뜻이다. 그럴 땐 무언가를 하려는 목표를 세우지 말고 '5분간 가만히 앉아 있기' '5분간 눈 감고 누워 있기'처럼 굳이 액션을 취하지 않아도 되는 것을 목표로 삼는다.

핵심은 내 정서의 뇌가 '의미 있다는 것도 알고, 좋은 생각이라는 것도 알겠지만…… 부담스러워. 그래서 하기 싫어'라는, 거부감이 들지 않는 선이 어디인지를 나 자신과 대화를 나누면서 찾아보라는 것이다. 정서의 뇌가 '그 정도는 나도 해보고 싶은데? 해볼 만한데?'라고 받아들이는 그 지점을 말이다.

겨자씨 한 알만큼 작고 가벼운 목표를 시도하는 것, 이것이 정서의 뇌에게는 용기를 준다. 무엇보다, 소박한 목표치를 찾기 위해 자기 자신과 묻고 대답하며 제안하고 협상하는, 이 대화의 과정 자체가 정서의 뇌에게는 커다란 격려의 에너지를 불어넣어 준다.

그때가 생각의 뇌와 감정의 뇌가 서로를 사랑스럽게 바라보며 소통하는 아름다운 순간이다. 생각과 정서가 궁합을 맞추면 전두엽이 시키지 않아도 마음은 그냥 움직인다. 그 마음이 이끄는 대로 반복하다 보면 그것이 나의 새로운 습관이 되고 인격이 될 것이다.

일단 주변 환경부터
: 적당한 거리감 유지하기

생화학자 조 디스펜자가 과학자들의 연구 결과를 인용한 바에 따르면, 우리 뇌는 매 초마다 4천억 개의 정보를 처리한다고 한다. 1초에 4천억 개라. 솔직히 가늠이 안 된다. 이토록 어마어마한 양의 정보를 우리 뇌는 초 단위로 처리하고 있는데, 실제 우리가 의식할 수 있는 정보는 2천 개밖에 되지 않는다는 것이다. 그러니까 주변 환경에 의해 자극을 받아서 떠오르는 정보 중에서 무의식적으로 처리하는 것이 399,999,998,000개라는 뜻이다.

그래서 자극을 주는 주변 환경을 되도록 정리하는 일은 뇌의 피곤도를 줄이고 집중도를 높이는 좋은 방법 중 하나다. 자신이 사는 공간을 단순하게 비우자 마음도 삶도 변화되었다는 미니멀리스트들의 말은 허튼 말이 아닌 것이다.

나도 내 주변 환경을 다시 세팅해야겠다는 생각이 들었다. 가장 먼저 정리해야 할 곳은 사무실이었다. 수시로 스마트폰을 만지작거릴 때마다 얼마나 많은 정보가 나의 뇌를 자극할까. 스마트폰 안에는 무궁무진한 정보와 오락거리와 사람들이 포진해 있으니 말이다. 그래서 사무실에서 되도록 멀리, 내 눈에 보이지 않고 손이 닿지 않는 곳으로 스마트폰을 떨어뜨려 놓았다. 무음으로 해놓은 채로 말이다. 그리고 오전 일과를 끝내고 한 번 훑어보고, 오후 일과를 끝내고 한 번 훑어보겠다고 결심했다.

처음에는 중간중간 허전해서 두리번거리며 스마트폰을 찾기도 했다. 그래도 일에 집중하려 나름 애를 썼다. 그리고 열심히 일하다가 잠깐 쉬려고 사무실을 나와서 이동하는 순간, 그만 스마트폰으로 다가갔다. '문자만 확인해야지' 하면서 터치하자 이메일과 카톡의 숫자들이 꾸물대며 나를 유혹했다. '지금 확인해야 하는 내용인지도 몰라.' 그렇게 자신을 합리화하며 열어보았고, 자연스럽게 이것저것 훑어보게 되었다.

스마트폰을 들여다보고 나자 하던 일에 다시 몰입이 잘 되지 않으면서 일이 하기 싫어졌다. 그렇게 그날 하루가 지나가 버렸다. 무언가에 조종당한 것 같은 느낌에 정말 기분이 별로였다.

새로운 습관을 들이는 것에 성공하려면 무엇보다 그 경험을 통해 '좋았어!', '괜찮았어!', '할 만한데!'라는 마음의 동함이 있어야 한다. 정서의 뇌 변연계는 감응으로 행복감을 느끼기 때문이다. 그러니까 스마트폰을 들여다 보는 습관 대신 새롭게 해보고자 하는 그 경험이 좋은 경험, 행복한 경험이 되도록 해야 하는 것이 새로운 습관을 정착시키는 성공의 관건이다. 동시에 내가 주도적으로 뭔가를 해냈다는 성취감이 있어야 한다.

어떤 가치 있는 일에 투신하고 능동적으로 몰입했던 경험은 나 스스로가 성장하고 있다는 느낌을 준다. 쇼핑, 마약, 게임, 인터넷 검색은 그 자극과 쾌감에 갇혀 더 잘 몰입하는 것 같은 느낌을 주지만 성장한다는 기쁨은 없다. 스마트폰을 들여다 보며 시간을 보내는 것도 마찬가지다. 잡기만 하면 한두 시간이 훌쩍 가버릴 정도로 몰입할 수 있지만 이는 도전감 없는 수동적 몰입일 뿐이다. 순간적인 재미는 있지만 내 마음과 정신과 영혼을 충만하게 하기엔 역부족이다.

나는 일할 때 스마트폰이나 인터넷으로 검색하며 딴짓하는 습관을 고치고 싶었다. 자꾸 스마트폰을 만지작거리거나 인터넷 뉴스를 보며 일하는 데 집중이 끊기는 것이 정말 싫었다.

진짜 몰입은 지속성이 필요하며 그 결과로 인해 자신감과 자존감이 높아진다. 사실 그런 경험이 없었던 것도 아니다. 그런데 스마트폰 사용과 인터넷이 일에 대한 몰입을 점점 더 크게 방해하면서 몰입의 경험치가 현저히 낮아진 것이 문제였다.

그러다 '하지 말아야 하는 것'에 집중하기보다는 '해야 하는 일'에 몰입도를 높여가자는 생각이 들었다. 일에 몰입하는 연습을 통해 몰입이 나를 행복하게 하고 성장시키는 경험을 할 필요가 있다.

목표에 다가가게 하는 의미 있는 일에 몰입하는 즐거움을 맛보다 보면, 새로운 신경망이 반복적으로 활성화되면서 건강한 몰입이 나의 새로운 습관으로 자리 잡아간다. 그리고 그 몰입의 경험들이 쌓이는 과정에서 더 이상 디지털 기기와 물리적으로 거리를 두지 않더라도 그보다 더 강한 심리적 거리가 생기게 될 것이다.

지금 이 순간, 나는 스마트폰은 사무실에 두고 지하 골방에서 원고를 쓰고 있다. 와이파이 공유기도 꺼버렸다. 점심 시간에 잠깐 사무실에 가보니 누군가 이런저런 카톡이 왔다. 간단하게 답해주고 메시지를 남겼다. "지금부터 저는 잠수 중입니다." 그러면서 환하게 웃는 이모티콘을 하나 더 추가해 보냈다.

이런 과정을 통해 자연스레 내 마음이 집중해야 할 원고로 가볍게 옮겨지는 느낌이 든다. 이 작은 절제가 내 일상의 많은 부분을 잡아주는 듯한 기분이라고나 할까. 나의 하루 일상의 흐름이 어느 정도 정리되고 있는 것 같아 뿌듯하다. 조금 더 집중할 수 있고 깊이 있게 잠심할 수 있어 무엇보다 좋다.

그렇게 한동안 스마트폰과 거리를 두는 연습을 해나갔다. 그러다 보니 어느 순간 자신감도 생겼다. 그래서 과감하게 '저녁 시간에는 스마트폰이나 컴퓨터를 아예 하지 말자'라고 결심하기에 이르렀다. 하루 이틀은 잘 실천하는 것 같았다. 그런데 여지없이 또 무너지고 말았다.

그렇지만 실망하지는 않는다. 뇌과학자들은 아무리 좋은 것을 결심해도 정서의 뇌 한계는 2일이나 3일이라고 한다. 작심삼일이라는 말이 괜한 말이 아니다. 그저 무너지면 다시 시작하면 된다.

오늘도 일을 시작하기 전 주변 환경부터 세팅해본다.

'스마트폰은 무음으로.'

'데이터와 와이파이도 꺼볼까?'

'그래도 보이지 않는 곳에 두면 더 좋겠지?'

사람이든 기계든 적당한 거리감은 필요한 법이다.

4
당신과 나 사이에 스마트폰이 없다면

'친구 끊기'를 당한 날

오래전 이야기다. 평소 친하게 지내던 한 수녀의 페이스북을 보고, 수도자는 공인이기도 하니 너무 사적인 내용은 지양하는 것이 어떠냐고 말한 적이 있다. 그 수녀는 "아, 그럴 수도 있겠네요"라고 하더니 나중에야 안 사실이지만, 나와 친구 끊기를 하였다.

기분이 묘했다. 솔직히 말하자면, 기분이 나빴다. 뒤통수를 얻어맞은 느낌이라고나 할까. 앞에서는 "네" 하고는 돌아서서 반격을 가한 것 같아 비겁하다는 생각마저 들었다. '일방적으로 통보받는 기분이 이런 것이구나' 싶은 생각에 씁쓸하고 난감하고 화가 났다. 게다가 페이스북에서 보면 다른 친구들과는 관계를 잘 맺고 있는 것 같아 나만 따돌림당한 기분마저 들었다.

기분이 몹시 상했지만 당장 말을 꺼내지는 못했다. 내 감정의 찌꺼기가 어느 정도 가라앉고 정화된 듯할 즈음, 이유를 물어볼까 싶은 마음이 들었을 땐 이미 시간이 한참 지나버린 상황이라 새삼 묻기도 좀 그랬다. 관계라는 것이 모든 진실을 파헤쳐야만 되는 것은 아니라는 생각도 들었다. 다만 가상현실에서 벌어진 틈을 진짜 현실에서 메워야겠다는 마음은 품고 있었다.

그러다가 오랜만에 그 수녀를 다시 만나게 되었다. 나는 평소보다 더 밝은 표정으로 그녀를 맞이했다. 그 수녀 역시 전과 다름없이 해맑게 나에게 다가왔다. 전혀 다른 감정이 있어 보이지 않았다.

처음엔 '어? 이게 뭐지?' 하는 어리둥절한 마음이 들었다. 그런데 그녀의 마음을 헤아려보니 내가 생각한 친구 끊기의 의미와 그녀가 생각한 친구 끊기의 의미가 다를 수도 있겠다는 생각이 들었다. SNS를 어떻게 사용하는지 분석하고 비판하는 강의를 하는 나에게 그런 말을 들었으니 그녀는 판단 받고 있다는 생각이 들었을 것 같다. 아마도 자신의 페이스북이 감시당하고 있는 것처럼 느껴져 불편하고 부담스러웠을 것이다. 그렇다고 그 수녀에게 친구 끊기가 곧 관계를 끊겠다는 의미는 아니었던 것이다. 다만 판단 받는 불편함을 SNS 연결망을 끊는 것으로 표현했을 뿐이리라.

지금 나는 그 수녀와 정말 좋은 관계로 잘 지내고 있다. 지금 관계가 무척 만족스러워서인지 친구 끊기를 당한 사실이 상기되지도, 기억에 남아 있지도 않다. 그러다 친구 끊기와 관련된 원고를 쓰면서 문득 '나도 그런 경험이 있었지' 하며 떠올랐을 뿐이다.

친구를 끊을 때와 끊김을 당할 때 다른 사람들은 어떠할까, 그 마음이 궁금해서 주변 사람들에게 물어보니 한 지인이 자신의 경험을 들려주었다.

그는 각별하게 지내던 한 작가와 작업을 함께하기로 하고 조건 없이 계약금을 지불한 적이 있다고 한다. 그런데 1년, 2년, 시간이 흘러도 작가는 전혀 작업을 진행하지 않았다. 그러던 중에 그 작가가 페이스북을 시작하게 되었단다. 그리고 페이스북에 올린 작품들이 인기를 끌면서 단기간에 팔로워가 주목

할 만큼 늘더니 다른 에이전트와 계약을 해 새로운 작업에 들어가고 전시회까지 열면서 활발하게 활동하게 되었다.

처음에는 그도 작가의 이런 활동을 진심으로 응원했다고 한다. 그런데 점점 마음이 불편해지더란다. 그 작가는 자신과 약속한 작업은 계속 미루면서 페이스북에서는 너무나 활발히 활동을 벌여나가고 있었던 거다. 하루에도 몇 개씩 새로운 포스팅을 올리고, 댓글에 일일이 답을 달아주면서 도대체 나와 약속한 작업을 할 시간이 생기기나 할까 싶더란다.

그렇게 서운함이 쌓이고 화도 나고, 그러다가 그 작가의 포스팅과 관련하여 전화로 설전을 벌이고 난 직후 너무 화가 나서 친구 끊기를 해버렸단다. 하지만 그 작가와 실제로 관계를 끊겠다는 마음은 추호도 없었다고 한다. 다만, 시간과 거리를 두고 감정이 좀 가라앉으면 이후에 허심탄회하게 대화를 하고 싶었단다. 그런데 그 후 그는 그 작가에게서 당혹스러운 문자를 받게 되었다. 계약금을 돌려줄 테니 계좌번호를 알려달라는 문자였다.

너무 놀라서 대화를 시도해보려 했지만 그 작가는 대화조차 원하지 않았다. 나중에 제삼자를 통해서 듣게 된 사실은, 그 작가가 페이스북에서 친구 끊기는 곧 관계의 끝을 뜻하는 거라고 말했다는 것이다. 그는 페북은 페북이고 현실은 현실이라고 생각했기에 작가의 그 말이 아직도 잘 이해가 되지 않는다고 토로했다.

지인의 이야기를 들으면서, 그와 그 작가 사이에 벌어진 틈은 소통의 문제와 더불어 매체를 지각하는 태도의 차이라는 생각이 들었다. 그에게 페이스북은 현실과는 별개의, 철저하게 가상의 공간일 뿐이다. 이런 맥락에서 친구 끊기도 진짜 관계를 청산하자는 절교의 의미가 아닌 그저 '나 불편해. 알아줬으면 좋겠어' 하는 표현이었던 것이다.

반면 그 작가에게 페이스북은 수많은 사람과 만나고 관계 맺고 일로 연결되는 삶의 공간이자 사회적 일터기도 하다. 그 작가에게 페북은 가상이 아닌 엄연한 현실인 것이다. 이런 맥락에서 그 작가에게 친구 끊기는 엄청난 상처로 다가왔던 것이다.

우리는 SNS 공간을 서로 다르게 지각하고 수용한다. 그렇기에 같은 메시지라도 그 무게와 파장이 서로 다를 수 있다. 게다가 SNS 공간은 목소리도 톤도 느낄 수 없고 표정도 볼 수 없기에 말 너머의 마음을 읽어내기란 더더욱 어렵다. 그런데도 우리는 SNS 소통을 시공간의 소멸로 인해 매우 친밀하다는 착각을 하게 된다.

하지만 사실 SNS 공간만큼 거대하고 먼 거리도 없다는 생각이 든다. 그러니 조금은 시간과 거리를 두고 SNS 소통을 바라보는 연습이 필요하지 않을까 싶다.

불쾌한 기분을 당장 친구 끊기로 표현하기보다, 친구 끊기를 한 친구를 당장 현실에서 끊어버리기보다, 잠시 아주 잠시라도 관계에 대한 판단과 선택을 유보하는 것은 어떨까? 그리고 SNS 공간 너머에 있는 서로의 진심이 무엇일지, 내가 정직하게 하고 싶은 말은 무엇인지, 좀 더 긴 호흡으로 헤아려보면 어떨까?

'네'와 '넹~'
사이에서

언젠가 어떤 사람에게 톡을 보냈는데 돌아온 답이 "네, 알았습니다"였다. 평소 친한 사이인데 그 순간은 왠지 생소한 느낌을 받았다. 어느새 나도 톡에 감정을 담고 소통하고 있었던 거다.

문자 한 줄에 차가움과 따뜻함이 확연히 구분된다. 그래서 친한 사이에는 "알았습니다" 대신에 "넹~" 하는 단 한 글자가 더 친밀하게 느껴진다. '알겠어요~' 하거나 'OO야~'라고 물결무늬 꼬리표를 붙이면 훨씬 부드러운 톤으로 느껴진다.

SNS 메시지는 글로 적지만 말이다. 느낌과 감정을 전하는 '말'이다. 디지털 시대를 살아가는 우리에게 문자, 카톡, SNS

메시지는 감정이 실린 살아 있는 목소리인지도 모른다.

그런데 실제 말도 목소리와 톤, 표정이 함께 어우러져야 그나마 내가 전달하고자 하는 감정에 가깝게 상대에게 표현되는데, SNS는 글인데도 말로 받아들여지니 감정을 더 과장되게 표현해야 한다. 우리가 다양한 이모티콘을 사용하는 이유도 이 때문이다.

나는 평소에는 다정하고 따뜻하게 표현하지 못하는 편이다. 대체로 이성적이고 직설적인 편이다. 그런데 이런 나도 카톡에서는 과장되게 표현하게 된다.

그냥 'OO씨' 하면 상대방이 딱딱하게 느낄 것 같아 물결무늬를 붙인다. '알았습니다' 하면 왠지 건조하고 '알았습니당~' 하면 친밀감 있게 느껴져 기분이 더 좋다는 걸 알고 나니 나도 다른 사람에게 '알았습니당~' 한다. 스마일 이모티콘이나 재미있는 캐릭터를 사용하면서 의식적으로 친절하려고 꽤나 신경 쓴다. 아무리 가까운 사이라도 직접 얼굴을 마주할 때는 절대 "알았습니당~"하고 말하지 않는데 말이다.

일상에서의 나는 SNS에서의 소통만큼 감정을 상냥하게 잘 표현하지도, 친근하게 먼저 다가가지도 못한다. 생각해보면

SNS가 진짜 나보다 더 친절하도록 나를 교육하는 것 같다.

언젠가 강의 청탁을 해온 S 씨와 카톡으로 소통하는데 자꾸 주제를 바꾸고 요구사항도 이랬다저랬다 하는 거였다. 그러다 보니 강의 바로 직전에 내용을 바꾸어야 할 정도였다.

만약 전화로 소통했다면 직설적으로 표현하는 나는 기분 나쁜 목소리가 그대로 노출되었을 것이다. 그러면 강의할 때 별로 도움이 되지 않는다. 기분 좋게 강의하고 싶었고, 이왕 하기로 했다면 이것저것 따져서 좋을 게 없다고 생각했다. 카톡 상에 내 기분 나쁜 감정이 그대로 자국을 남긴다면 강의를 하고 나서도 찜찜할 것 같았다. 그래서 최대한 감정을 감추며 톡을 찍어나갔다. "제가 그렇게 이해하지 않았는데, 부탁하신 대로 하도록 노력할게요."

그리고 강연장에 갔다. S 씨는 언제 그랬냐는 듯이 해맑게 웃으며 나를 맞으러 나왔다. 솔직히 나는 내심 그와 거리를 유지하고 싶었다. 그러나 카톡 상에서 나는 무척 친절했었다. 그런데 굳이 현실에서 부정적인 감정을 보여줄 필요가 있을까 싶은 생각이 들었다. 웃는 게 진짜 웃는 것은 아니었지만 최대한 밝은 모습으로 다가갔다. 순간, 내면의 나와 다른 태도를 보이는 내가 가식적으로 느껴졌다. 그때 마음속에서 S 씨에 대한 감정을 털어버리라는 소리가 들렸다.

'주님, 제가 그에 대한 감정을 좋게 바꾸었으면 좋겠습니다. 강의를 듣는 다른 사람들을 위해서라도 제 껄끄러운 감정을 씻어주시면 참 좋겠습니다.'

기도 덕분이었을까. 강의는 즐겁게 진행되었고 반응도 그 어느 때보다 뜨거웠다. 그는 강의가 끝나고서야 안심이 되었는지 활짝 웃는 얼굴로 내게 다가왔다. 그리고 돌아오는 길에 고개 숙여 사과를 건네왔다.

"정말 죄송합니다. 제가 불안해서 이 사람 저 사람 의견을 듣다 보니 수녀님께 실례를 범했습니다."

나는 밝은 미소로 괜찮다고 대답했다. 그냥 하는 말이 아니었다. 진심으로 괜찮았다.

카카오 메시지가 나를 인내하도록 만들어주었다는 생각이 들었다. 한번 전송한 글은 각자 자기 생각대로 해석하게 되고 계속해서 남게 된다. 그러면 오해도 쉽고 상처도 깊고 길게 남는다. 그래서 온라인으로 불편한 상황을 표현할 때에는 지우고 쓰고 또 지우고 쓰면서 고민하게 된다. 직접 말할 때보다 적어도 호흡 한 번 가다듬을 여유가 있으니 한번 보낸 글은 다시 번복할 수 없다는 것을 의식하면서 더 신중해지고 더 친절해지게 된다.

하지만 그렇다고 늘 이모티콘과 톡으로 나의 솔직한 감정을 숨길 수만은 없는 노릇이다. 때로 싫다는 진심을 전달하기 위해서 내가 사용하는 방법은 두 가지다.

하나는 용기를 내어 만나서 소통하는 것이다. 온화하게 다가가서, '싫어요'가 너를 거부하는 것이 아니라 너를 향한 나의 진심임을 용기 내서 표현하는 것이다.

또 다른 하나는 '좋아요'라고 했으면 그 말에 책임을 지고 진심으로 다가가려고 노력하는 것이다. 물론 둘 다 쉽지는 않다.

나는 S 씨와 메신저를 통해 소통하면서 '싫어요'라고 할 용기가 없었다. 그래서 나의 기분을 감추었다. 분명 가식이고 위선이다. 그러나 다행히 덕분에 기도할 수 있었다. 서로 얼굴이 보이지 않는 상황에서 친절하게 소통했던 것처럼 현실에서도 친절할 수 있기를 바라며 기도하고 나름 애를 썼다. 그러자 감사하게도 S 씨는 나에게 사과했고, 나 역시 그에 대한 껄끄러운 감정이 정말 아무렇지도 않게 사라졌다.

가식적인 가상공간에서의 나의 친절함을 진짜로 바꿀 수 있었던 이번 경험이 더없이 특별하고 감사하게 느껴진다.

내가 현실에서도 매 순간 이모티콘처럼 그렇게 밝게 웃으며 '좋아요'라는 긍정의 감정으로 살아갈 수 있기를 바란다. '말로나 혀끝으로 사랑하지 말고 행동으로 진실하게 사랑(요한 3:18)'하기를 간절히 원한다. 온라인에서의 말과 오프라인에서의 삶이 점점 더 하나 되기를 소망한다.

잘 듣는 사람이 되고 싶다

프리랜서로 바쁘고 힘겹게 살아가는 젊은이를 한 명 알고 있다. 그는 너무 바빠서 여자친구와 만나기도 힘들다고 하소연한다. 하루는 그가 여자친구에게 카톡은 계속 주고받아야 하니 그냥 전화 통화를 하자고 했단다. 그러자 여자친구가 "사람이 어떻게 그렇게 무심할 수가 있냐?"며 화를 내서 곤욕을 치렀다는 것이다.

지금 시대는 말의 내용과 질보다는 계속 주고받아야 하는 형식이 더 중요한 시대가 되었다. SNS 세상에서 우리는 끊임없이 말을 주고받는다. 말을 멈출 줄 모르는 병적 다변증

logorrhea이라는 수다병까지 생겼다고 하니, 스마트폰으로 인해 발병한 시대적 증상이다.

모두가 이렇게 할 말이 많으니 듣지를 못한다. 나 역시 잘 듣지 않는 나 자신을 발견한다. 미사 때 강론을 열심히 들은 것 같은데 돌아서면 기억이 나지 않는다. 금방 수녀들과 식탁에서 주고받았던 말을 다시 물어보기도 한다. 그런데 이런 듣지 않는 증상은 함께 살고 있는 수녀들도 마찬가지다.

어느 날 내가 말을 꺼냈다. "칡즙 파는 아주머니가 계시는데……." 딱 여기까지 말했는데 한 수녀가 "칡즙이요? 그거 갱년기 여성에게 엄청 좋대요." 그러자 경리 수녀가 "수녀님, 칡즙 필요하세요? 사드릴까요?"

순간 헛헛한 웃음이 나왔다. 칡즙을 파는 여성에 관한 감동 스토리를 이야기하려고 한 건데 한 문장도 채 끝나지 않고 '칡즙'이란 단어에 꼬리에 꼬리를 물고 말이 이어졌다. 수녀들도 이 정도면 이거 어떻게 해야 하나…….

실존주의 철학자 하이데거Martin Heidegger는 의사소통에서 핵심적인 역할을 하는 사람은 화자가 아니라 청자라고 했다. 그런데 SNS 세상을 살아가는 우리는 듣기의 본질을 점점 더

잃어가고 있다. 말하는 사람만이 말의 주인이라 생각하고, 듣는 사람은 잘 듣기 위한 어떤 노력도 하지 않는 것 같다.

아니, 오히려 듣기마저도 듣는 사람의 책임이 아닌 말하는 사람의 책임이 되어버린 것 같다. 말을 잘해서 잘 듣게끔 해야 한다는 것이다. 갈수록 말을 재치 있고 요령 있게 하는 스타 강사, 스타 종교인, 스타 요리사를 원하는 것도 이런 맥락이 아닐까?

강의를 듣거나 미사에 참례하는 것조차도 공연을 관람하는 행위와 닮아가고 있다. 재미있어야 하고 지루하면 안 된다. 사람의 시선과 관심을 사로잡을 무언가가 있어야 한다. 듣는 사람이 적극적인 해석자, 참여자가 아니라 그저 관객이며 구경꾼이 되어버렸다.

나도 언제부터인지 못된 습관이 생겼다. 누군가 입을 여는 순간, 잘 들어야 할 말인지 그냥 흘려도 될 말인지 머릿속으로 판단하고 있다. 누군가 지루하고 장황하게 이런저런 설명을 늘어놓으면 결론부터 말하라고 다그치고 싶어질 정도다. 같은 말을 반복해서 듣는 것처럼 괴로운 것은 없다. 그러다 보니 어느새 딴생각을 하거나 다른 이야기를 하게 된다. 나 역시

'진정으로 잘 듣기 위해서 아직도 갈 길이 멀구나' 하는 생각이 든다.

요즘 나는 이 책을 쓰면서 듣는 연습을 새롭게 하고 있다. 일단 나 자신을 관찰하는 일부터 연습 중이다. 언제 잡념에 빠지고 잘 듣지 않는지 나 스스로를 관찰하는 것이다.

마침 요즘 S 사제의 강론을 집중해서 듣는데 어려움을 느끼고 있었다. 말도 느리고 게다가 더듬기까지 한다. 일관성 없이 이 말 저 말 할 때도 있고 같은 말을 반복하기도 한다. 그럴 때면 나도 모르게 눈을 감고 딴생각에 빠져든다.

S 사제의 강론을 집중해서 듣자고 결심을 했지만 결심했다고 금방 몰입되지는 않았다. 어느 날은 앞부분을 듣다가 실패하고, 아예 처음부터 들리지 않는 날도 있었다. 어떻게 하면 집중해서 들을 수 있을까, 그런 고민을 하다가 그 사제의 말을 속으로 따라 해보았다.

"우리는 사랑해야 합니다"라고 하면 그대로 '우리는 사랑해야 합니다'라고 속으로 따라 한다. 혹은 속으로 대화하듯 대답한다. '네, 저 역시 사랑하고 싶습니다.' 그러다가 어느 순간 스르르 또 딴생각에 빠져드는 나를 의식한다. 그러면 그런 나를 다시 불러온다.

그러던 어느 날, S 사제의 말이 들리기 시작했다. 들릴 뿐만 아니라 그가 얼마나 최선을 다해 말하고 있는지가 느껴졌다. 호흡이 끊길 때마다 침을 꿀꺽 삼키며 온 힘을 기울여서 단어 하나하나에 정성을 쏟고 있을지 그 모습이 눈에 들어왔다. 이전까지는 무심하게 (심지어 불평하면서) 그의 강의를 들었던 나인데, 간혹 그가 말이 바로 이어지지 않아 더듬거리면 안타까운 마음마저 들었다.

나는 그의 말을 잘 들으려고 노력한 것인데, 그의 말보다 그의 인격을 마주하게 된 느낌이었다. 그렇구나! 듣기는 말 자체를 넘어, 언어 너머의 존재와의 소통이구나.

우리는 어머니 자궁에서 듣기부터 먼저 배웠다. 태아는 엄마의 목소리를 들으면서 뇌가 활성화되고 신체 발육이 활발해진다고 한다. 그만큼 듣는다는 것은 인간의 성장과 성숙에 있어 매우 중요하다.

듣는다는 것은 "나는 당신을 존중하고 사랑합니다"라는 표현이다. 상대의 말에 진정으로 귀 기울일 때 나는 그의 말을 들으면서 그의 삶의 여정을 함께 걸어가게 된다. 그렇기에 잘 듣는 것은 '나는 당신의 삶을 지지합니다'라는 응원의 메시지를 전하는 것이다.

잘 듣다 보면 지루하고 서툰 말 너머 그 사람의 표정이 보이고 마음이 보이는 때가 있다. 그러면 그 사람이 더 사랑스럽게 느껴진다. 그리고 그 순간 나는 실감한다. 듣기는 사랑의 또 다른 표현임을. 그러니 누가 어떤 말을 해도 나는 듣고 싶다. 그것도 아주 잘 듣고 싶다.

어떻게 소통하고 사랑할 것인가

언젠가 인터넷 중독에 관한 강의를 마치고 나오는데 한 수사님이 멋쩍게 다가와 수줍은 듯 작은 소리로 말을 건네 왔다.

"아까 하신 말씀 있잖아요. 사랑하지 못할 때 자기조절에 실패할 수 있다고요."

그러면서 그는 자신의 이야기를 들려주었다. 그는 수도자로서 열심히 기도하고 일하면서 달려왔다고 한다. 그런데 어쩌다가 한 형제와 갈등이 시작되었고 점점 서로 틈이 벌어지게 되었다. 수도자로서 누군가를 미워하는 자신이 싫어지면서 몹시 우울해졌다고 한다. 그러면서 컴퓨터에 들어가는 횟수가 늘어나고 최근에는 밤새도록 게임이나 영상을 보는 데까지 이르렀다는 것이다.

아주 슬픈 표정을 지으며 그가 말했다. "내가 원하는 삶은 이게 아닌데…… 너무 우울하고 심지어 죽고 싶다는 생각마저 들었어요."

그의 진심 어린 고뇌가 느껴져 한동안 가슴이 먹먹했다.

우리는 사랑하지 않으면 불행한 존재다.

이 사랑과 인정 욕구는 너무나 섬세하고 강렬해서, 우리는 소통이 원활하지 못하면 심지어 미묘한 분노를 느낀다. 사랑과 인정 욕구가 좌절되었기 때문이다. 이렇게 사랑의 욕구가 좌절되면 스트레스가 가중되면서 우울해진다. 그리고 이런 우울한 감정은 내면의 에너지를 고갈시킨다. 그러면 스스로 무언가를 조절하기 어려워지고 외부 대상에게 다가가기도 힘들어진다. 자기를 조절하고 외부 대상에게 다가가려면 상당한 에너지가 필요한데, 내면에 그럴 만한 에너지가 없기 때문이다.

그런데 우리는 (사랑하고 싶은 욕구와 같이) 높은 단계의 영적·정신적 욕구를 채우지 못하면 더 쉽고 편한 낮은 단계의 욕구로 내려가게 되어 있다. 이때 우리에게 스마트폰이 있다.

손 안의 쉽고 빠르고 편한 스마트폰 속으로 자꾸 숨고 있다면, 당신 내면은 사랑과 인정 욕구가 좌절된 채 우울감으로 에너지가 바닥난 상태일지도 모른다.

그런데 스마트폰에서 쉽고 편하게 내 욕구를 채울수록 좌절감과 우울감은 커져만 간다. 모든 쉽고 편한 것은 그만큼 부작용의 그림자가 크듯이 말이다. 결국, 해결책은 나의 좌절된 사랑과 인정 욕구를 건강하게 채우는 것이다. 그렇다면 어떻게 소통하고 사랑해야 하는 걸까?

나 역시 정말 사랑하며 살고 싶다. 그런데 내 모습을 보면 사랑이 너무도 부족하다.

한참 후배인 수녀가 눈을 똑바로 뜨고 조목조목 따지고 들 때는 정말 밉상이다. 그 수녀가 왜 그렇게밖에 할 수 없는지 심리적 역동과 과거사를 따져보면 이해 못 할 것도 없다. 머리로는 정말 이해한다. 하지만 미운 것은 어쩔 수 없다. 애정이 생기지 않는다. 그럴 때면 너무나 속이 좁은 나를 본다. 살갑게 다가오고 잘 챙겨주는 사람은 그냥 절로 사랑이 가는데, 정서적으로 빈곤해서 다른 이들에게 사랑받지 못하는 사람에게 나 역시 거리감을 느끼는 내가 참 싫다.

나이가 들면 애정이 더 커질 줄 알았다. 그런데 더 쩨쩨해지고 치졸해진다. 예수님이나 성인들처럼 상대가 누구든 나에게 어떻게 해주길 바라지 않고, 그저 품고 사랑해줄 마음 그릇이 작다. 이래서야 수도자로서 만인을 사랑하며 산다고 할 수 있을까?

그래도 달라진 점이 있다면 이런 내 모습을 거울처럼 비춰볼 수 있는 여유가 생긴 점이다. 누구나 나의 모습, 나의 목소리, 나의 태도를 있는 그대로 비춰주는 내면의 거울을 가졌다.

《자기절제 사회》의 저자 대니얼 액스트Daniel Akst가 인용한 실험 결과에 의하면, 아이들 사이에 거울을 놓기만 해도 사탕을 슬쩍 가져가는 비율이 70퍼센트가 줄어든다고 한다. 거울은 무엇보다 내가 나를 보고 있다는 것을 의식하게 해준다.

'넌 혼자가 아니야.'

'너는 사탕이나 슬쩍하는 사람이 아니야.'

이것은 감시일 수도 있고 사랑의 현존일 수도 있다. '감시'는 밖에 존재하는 거울로, 그 순간만 모면하려 한다. 하지만 '사랑'은 내면에서 비치는 마음 거울이기에 언제 어디서나 의미 있게 행동하려고 나름 애쓴다. 밖의 거울은 '내가 널 보고 있어'라고 말하지만, 내면의 거울은 '내가 널 지켜줄게'라고 격려한다.

우리가 내면에서 옳고 그름만 따지는 감시의 거울을 만나는 때는 내가 타인을 의식하고 보이는 나에 집착해서 소통의 균형이 깨지는 때다. 나 자신과의 소통도, 이웃과의 소통도.

나이가 들수록 점점 더 실감하는 건, 관계에서 소통이 얼마나 필요하고 중요한지다. 사랑은 소통으로 창조되기 때문이다. 그것도 아주 길게 가야 하는 소통으로.

그동안 온갖 소통의 시행착오를 겪으며 내가 깨달은 것은 내 생각이 아니라 나의 감정을 표현해야 한다는 것이다. '나만 참으면 되지' 하면서 감정을 억압하면 어느 순간 우울함으로 돌아온다. 머리로만 이해하고 억지로 참는 것은 어쩌면 나 자신을 무시하는 행위일지도 모른다. 나 자신도 소중하기에 내 감정도 존중해주어야 한다. 나를 억압하지 않으면서 나를 표현하고, 상대의 말을 들으면서 서로를 위한 절충점을 찾아가는 과정, 이것이 소통이지 않을까 싶다.

다만, 표현하되 먼저 충분히 나 자신을 성찰한 뒤 말을 건네야 한다. '내 탓이 아니고 네 탓'이라는 생각이 들 땐 더 성찰하고 여유를 가지라는 사인이다. 50여 년간 살아오면서 확실히 알게 된 진리 중 하나는 누군가와의 갈등은 온전히 상대방만의 문제는 아니라는 것이다. 분명 나에게도 문제가 있다.

'내 탓이 아니라 네 탓'이라는 생각이 들 때는 부드럽고 관대한 마음으로 내면의 거울을 닦아야 한다. 내면의 거울은 사랑을 먹고 자라기 때문이다. 사랑은 무언가를 잘 해낼 때보다 좌절하고 넘어지고 괴롭고 힘들 때 더 간절히 필요하다. 그러니 내 모습이 실망스럽고 미울 때, 상대를 탓하는 내가 마음에 들지 않을 때, 그럴 때일수록 사랑은 더욱 필요하다. '그래도 괜찮아~' '너 많이 화났구나' 하면서 내 감정을 위로해주고 수용해준다. 그러면 거울이 점점 투명해지면서 본래의 내가 진정으로 원하는 것이 무엇인지를 비춰준다.

그렇게 투명한 내면의 거울이 건네는 말에 귀를 기울이다 보면 내가 좋아진다. 그리고 내 탓임을 인정할 용기와 여유가 생긴다. 이제 그에게 다가가 내 탓을 고백하고 내 감정을 표현한다. 서운하고, 기분 나쁘고, 마음 상하고, 화가 나고, 착잡하고, 서럽고, 짜증 나는 미묘한 나의 감정을 있는 그대로 말하려 애쓴다. 단, 판단이나 비난은 자제하려고 의식하면서 정직하게 내 감정만을 전하려 애쓴다.

그러면 대부분의 경우 상대도 자신의 탓도 있음을 인정한다. 그러면서 마무리는 우리의 탓이었음을 수용하며 서로 한계가 있었음을 고백하면서 새로운 관계가 시작된다.

요즘 나는 나 자신이 거룩한 성녀가 될 거라 기대하지 않는다. 엄청난 인내로 온화한 사람으로 변화하리라는 기대 역시 접기로 했다. 노력하지만 나는 기분이 안 좋으면 얼굴에 티가 나고, 내 의견과 맞지 않다고 생각하면 말 속에 불편한 억양이 묻어나고, 어떤 자극이 오면 총알처럼 반응하는 직설적인 면이 있다.

하지만 모든 것을 참고 믿고 바라는 사랑을 하고 싶은 강한 원의가 있으니 희망은 접지 않는다. 예수님과 성인들처럼 사랑하지는 못하지만 그렇다고 지금의 내 작은 사랑이 부끄러운 것이 아님을 믿으며 사랑할 용기를 내본다.

소통할 때 속 좁은 내 마음을 가리고 숨기며 아닌 척하지 말자. 그냥 담담히 '나 그런 사람'이라고 빨리 고백하고 인정하자. 어차피 큰 그릇을 품지 못할 바에는 작은 그릇이라고 부끄러워 말고 매번 깨끗하게 닦자.

이렇게 매번 소통하고 '내 탓이요, 내 큰 탓이로소이다'라는 신앙고백을 하며, 매 순간 새로워지고 싶다. 우리 몸의 세포들이 죽고 새로운 세포들이 살아나듯, 오직 정직한 소통을 통해서 우리의 감정도, 관계도 죽고 다시 살아난다.

그리고 새로움은 언제나 그러하듯 이전보다 더 푸근하고 신선하고 깊이가 있다.

우리가
눈을 맞추는 순간

엄마가 돌아가시기 몇 개월 전 특별 휴가를 받아서 집에 갔을 때 장염으로 배가 너무 아픈 적이 있다. 그런데 나보다 더 아픈 엄마가 힘없이 내 옆에 슬그머니 주저앉더니 다 큰 딸의 배에 손을 얹고는 "내 손은 약손이다. 네 배는 똥배니 어서어서 낫거라" 하시는데 코끝이 찡하고 가슴이 뭉클해서 눈물이 나는 것을 억지로 참았다.

엄마의 옛날 그 우렁찬 소리가 아니었다. 여전히 운율을 담아 노래하시지만 호흡은 거칠고 소리는 구슬프고 애잔했다. 그러나 그때나 지금이나 변함없는 것은 어머니의 사랑 가득한 눈빛이었다. 마치 "네 고통을 나에게 다오" 하며 애걸하는 것 같아 도저히 엄마를 바라볼 수 없어 나는 눈을 감았다. 그리고 어린아이가 된 기분으로 평온하게 잠이 들었다.

엄마는 내 배에 그냥 손만 얹은 것이 아니다. 당신의 온 존재로 나의 고통에 주의를 기울이면서 나에게 기운을 넣어주었다. 엄마는 온 마음으로 나를 바라보았고, 정성을 다해 나만을 위한 존재로 옆에 있어 주었다. "너를 사랑해"라는 말은 없었지만, 지금도 눈을 감으면 엄마의 그 그윽한 눈빛이 떠오르면서 강한 현존성을 느끼곤 한다.

만약 엄마가 내 배에 손을 얹긴 했지만 스마트폰을 하면서 혹은 텔레비전을 보면서 배를 문질렀다면 어땠을까? 분명 이렇게까지 강한 울림으로 남아 있지는 않았을 것이다.

단지 같은 공간에 있는 것이 아니라 온 존재로 함께 있다는 느낌을 우리는 얼마나 갈망하는가. 그런데 우리는 같은 공간에 있으면서도 현존의 경험은 둘째 치고 함께 있으되 따로 있는 것에 더 익숙해지고 있다. 스마트폰으로 인해 접촉과 접속의 경계가 무너지면서 우리는 '함께 따로' 있다.

함께 웃고 농담하다가도 딱히 할 말이 없어지면 각자 따로 스마트폰 속으로 장소를 옮긴다. 친구나 애인과 같이 있어도, 가족과 함께 식사하면서도, 부부가 텔레비전을 틀어놓고 나란히 앉아서도, 각자 스마트폰 속에서 따로 논다. 이렇게 우리는 사랑하는 사람들과도 접속하듯 만나고 함께 따로 살고 있다.

"사랑은 아무나 하나. 눈이라도 마주쳐야지. 만나고 만나도 느끼지 못하면 외로운 건 마찬가지야."

유행가 가사처럼 물리적으로 함께 있다 해도 외로울 수 있음을, 아니 물리적으로 함께 있는데도 외로울 때의 그 외로움이 얼마나 더 진하고 지독한지 우리는 안다.

그렇다고 스마트폰 내에서 접속 상태에 있다고 그 외로움이 채워지는 것이 아니라는 것도 우리는 안다. 접속은 함께 있다는 느낌만 줄 뿐 관계를 맺는 것은 아니기 때문이다. 진정한 관계는 접속과 연결이 아닌, 무언가 내어줌을 통해 맺어지는 것이기 때문이다.

뉴욕대학교에서 미디어 생태학 박사 학위를 받고 작가 겸 시사 해설가로 활동하고 있는 수잔 모샤트Susan Maushart는 자신을 포함한 십대의 세 자녀가 디지털 기기에 심각하게 중독

되어가고 있다는 사실에 직면한다. 모두 집에 돌아오면 꼼짝도 하지 않고 각자 스크린만 바라보고 있음을 알아차린 것이다. 충격을 받은 그녀는 가족 모두에게 6개월 동안 '스크린 관람 금지'라는 선전 포고와도 같은 발표를 한다.

디지털 기기의 스크린을 안 보게 되자 가장 먼저 어떤 변화가 나타났을까? 텔레비전을 보게 되었을까? 책을 읽게 되었을까? 첫 번째로 나타난 변화는 다름 아닌 서로의 눈을 보기 시작한 것이었다.

눈을 바라보기 시작했다는 것은 서로의 현존을 의식하기 시작했다는 것이다. 스크린 속 가상의 세계에서 빠져나오자 드디어 진짜 현실인 내 곁의 가족이 보이기 시작한 것이다.

언젠가 동생 수녀가 무척 서운해하며 내게 투정부리듯 한 말이 잊히지 않는다.

"수녀님은 내가 이야기할 때 쳐다보지도 않고 나를 존중해 주지도 않았어요."

나는 놀라서 물었다. "언제?"

"사무실에서 그랬잖아요."

"아, 그건 내가 몰입해서 일하고 있는 중에 수녀님이 예고도 없이 불쑥 들어오니까……"까지 말하다 말끝을 흐렸다.

접속하듯 관계 맺지 말고 접촉하자고, 서로 존재의 현존성을 느끼게끔 사랑하자고 말하고 글을 쓰면서, 정작 나는 상대의 눈을 제대로 쳐다보고 있는지 다시 돌아보게 되었다. 스마트폰에서 눈을 떼지 못하는 것과 컴퓨터 스크린에 빠져 상대를 쳐다보지 않는 것이 무엇이 다를까……. 나 역시 나에게 다가오는 사람을 접속하듯 대하며 투명인간으로 만들었던 것이다.

나는 일할 때 매우 몰입해서 한다. 그래서 원고를 쓰거나 강의 준비를 하고 있을 때 누군가 말을 걸면 컴퓨터 스크린에서 금방 눈을 떼지 못한다. 동생 수녀와의 그 사건 이후 내 태도가 달라졌을까? 꼭 그렇지만도 않다. 여전히 나는 일에 푹 빠져 있는 편이고 누군가 들어오면 즉각적으로 일을 멈추고 그를 바라보지 못한다.

다만, 지금은 내가 그렇게 하고 있다는 것을 의식한다. 그래서 한 박자 늦긴 하지만 '아, 내가 또 이러고 있네' 하면서 하던 일을 멈추고 스크린에서 눈을 뗀 후 내 앞에 있는 사람의 눈을 바라보며 그에게 집중하려 한다.

솔직히 고백하자면, 일할 때 누군가 다가오면 몰입이 깨지면서 방해받는다는 생각이 마음 한구석에 있었다. 그런데 신기하게도 디지털 화면에서 눈을 떼고 내게 다가오는 그의 눈을 바라보는 순간, 일 속에 잠수해 있던 내 마음이 '지금 여기'로 돌아와 숨을 쉬는 느낌이 들었다. 그렇게 부드럽게 서로 눈을 맞추면, 따뜻한 정서가 공유되면서 어떤 이야기를 해도 통할 것 같은 기분이 든다. 그럴 때면 영혼이 내게 이렇게 속삭이는 것만 같다.

'그래, 바라보는 것만으로도 이렇게 좋은데.'

5
나 혼자 보내는 시간의 힘

침묵 속에서 마음의 먼지 씻기

얼마 전 8일간 침묵 피정을 다녀왔다. 8일 동안 온종일 아무 말도 하지 않고 아무 일도 하지 않고 오로지 기도하고 산책하며 보냈다. 밥 먹을 때도 청소할 때도 복도에서 서로 마주쳐도 아무 말도 하지 않는다. 해야 할 일도, 하고 싶은 일도 아무 일도 하지 않는다. 스마트폰도 컴퓨터도 전혀 켜지 않는다.

피정 첫날은 마무리하지 못하고 온 일들 때문에 마음이 어수선했다. '어떡하지? 원고를 어느 정도 마무리하고 왔어야 했는데…….' '마지막 내용은 어떻게 하면 좋을까?' 'C 씨 이야기를 넣을까 말까?' 입으로는 아무 말 안 하고 침묵하고 있지만, 머릿속은 오만 가지 생각으로 시끄러웠고 급기야 그 소리가 점점 더 커지면서 마음이 불편해지기 시작했다.

'아, 내가 지금 너무 떠들고 있구나!'

평소 같으면 내 내부의 이런 시끄러움이 거슬리지 않았을 것이다. 외부에서도 떠들어대고 있을 땐 내면의 소란스러움을 알아채지 못하기 때문이다. 그런데 침묵 속으로 들어가니 내면의 시끄러움이 들리기 시작했다. 그리고 침묵 속으로 들어가면 들어갈수록 내 내부의 소리가 더 또렷하게 들려왔다. 마치 왁자지껄 시장터를 방불케 할 정도의 소란스러움이었다. 이쯤 되면 교통정리가 필요하다는 생각을 하고 있는데, 피정 지도신부님의 말씀이 생각났다.

"고요함은 맛있고 즐겁습니다. 어려운 일이 아닙니다. 그냥 물 위에서 몸을 뒤집어 뜨기만 하면 됩니다."

물 위에 뜨려면 몸에 힘을 빼고 물에 몸을 맡겨야 한다.

'그래, 벗어나려 바동바동하지 말고 그냥 이 순간을 즐기자.'

어떻게 해보겠다는 생각, 어떻게 했어야 한다는 생각, 앞으로 어떻게 해야 할까라는 생각을 모두 포기하고 그냥 침묵 속에 나를 내어 맡겼다. 그리고 기도할 때도 산책할 때도 머릿속 생각들을 그냥 바라보았다. 그러자 어느 순간, 웅성웅성하는 내부의 소리를 뚫고 묵직한 음성이 동굴 속 울림처럼 들려왔다.

'그냥 네가 좋아!'

아주 짧은 순간이었다.

'이게 뭐지?'

그런데 그 순간 정말 내가 그냥 좋았다. 뭐라고 설명할 수는 없지만 이 세상에 온전히 단독자로 존재하는 느낌이라고나 할까? 나를 판단하고 단죄하고 묶고 있던 외부의 시스템과 그 물망이 끊어져 나간 느낌, 모든 것으로부터 벗어난 고요하고도 행복한 해방감이었다.

우리는 침묵을 낯설어한다. 전철 안에서 홀로 가만히 있으려면 왠지 어색하다. 대화를 나누던 상대방이 전화 통화라도 하면 그 짧은 침묵이 어쩐지 민망하다. 상대가 화장실에 갔다오겠다며 일어서면 홀로 남겨진 그 잠깐이 낯설다. 이렇게 잠시의 여백이 불안하고 어색할 때, 우리가 만지작거리게 되는 것이 바로 스마트폰이다.

스마트폰을 든 우리는 한곳에 머물지 못한다. 스마트폰이라는 매체 자체가 하이퍼텍스트적이어서 급하게 건너뛰고 대충 훑게 된다. 그리고 스마트폰 위에서 빠르게 움직이는 손가락을 따라 우리의 생각과 마음도 이곳에서 저곳으로, 저곳에서 이곳으로 널을 뛴다. 이 광고를 보다가 저 기사를 클릭하고, 게임을 하다가 카톡을 주고받는다. 이렇게 스마트폰을 보면서 우리는 나도 모르게 산만함에 익숙해진다. 그러니 차분히 머물러야 하는 침묵이 점점 더 낯설고 힘들어진다.

수도자인 나는 주기적으로 피정을 한다. 그런데 할 일이 쌓여 있을 때는 솔직히 피정 날이 부담스럽다. 침묵 피정에 들어가면 일을 할 수가 없다. 원고를 꼭 그날 보내야 해서 마음이 조급하지만 달리 도리가 없다. 마감 일자를 늦춰달라고 정중하게 청하니 그쪽에서도 문제없다는 답이 온다. 강의 준비를 마치지 못해 마음이 쫓길 때도 막상 포기하고 침묵하며 하루를 보내다 보면 다음 날 더 좋은 아이디어로 더 빠르게 일을 끝내게 된다.

신기하게도 침묵 피정은 바쁜 일을 오히려 여유롭게 만들어준다. 그 일은 꼭 그날 끝내야만 할 것 같았는데, 그날까지 안 하면 큰일 날 것 같았는데, 막상 그런 생각들을 포기하면 다음에 끝내도 되는 일이 된다. 일단 할 일을 포기하고 잠심 속으로 들어가면 그렇게 평화로울 수가 없다.

하지만 침묵의 맛을 알면서도 일상의 중간에 멈춰 서서 침묵하기가 그리 쉬운 것은 아니다. 일의 속도, 일상의 속도, 내 마음의 조급한 속도를 멈춰 세우는 것은 상당한 용기가 필요하다. 그리고 일단 멈췄어도 침묵하며 깊이 내려가기까지가 또 쉽지 않다.

기도할 때마저 그렇다. 성당에 혼자 앉아 기도하기 전에 시계부터 세팅한다. 원래 의도는 더 깊이 기도하기 위해 그랬는데, 이상하게도 시간을 정해놓고 기도하다 보면 계속 시계로 눈이 간다. 위층에서 웃고 떠드는 소리가 나면 나도 모르게 기도를 멈추고 일어나 나가고 싶을 때도 있다. 오만 가지 생각이 들 때도 있고.

이 내면의 산만함과 아우성을 이겨내며 침묵 속에 계속 머물며 그냥 나를 바라본다. 나의 눈, 코, 입, 미소, 호흡…… 그렇게 서서히 내면으로 들어가면, 오만 가지 생각 속에서 내 안의 좌절, 결핍, 분노, 짜증, 불평, 두려움이 보인다. 그것들을 사랑하는 사람을 바라보듯 계속 바라보다 보면 나의 결점이 사랑스러워지는 순간이 있다. '잘나지 않아도, 연약해도 괜찮아. 나는 그냥 나야'라는 마음이 든다.

침묵하려면 일단 속도를 줄여야 한다. 외부의 속도와 내면의 조급함을 모두 줄이고 멈춰야 한다. 그리고 좀이 쑤시는 산만함을 이겨내면서 머물러야 한다. 그 머무름이 나의 내면으로 내려가게끔 이끌어준다.

한 발씩 한 발씩, 늘 빠르게 움직이던 행동이 느려지고, 늘 쫓기듯 조급하던 마음이 어느 순간 잔잔해진다. 침묵은 내면의 고요함에 머물게 해준다. 그리고 그 침묵 속에서 마음의 먼지가 씻겨 나가고 머릿속 생각들이 여문다.

침묵의 고요는 평화롭고 맛있다. 단, 그 맛을 보려면 어색함과 산만함의 계단을 내려가야 한다. 그리고 계단으로 내려가는 문은 스마트폰을 내려놓고 홀로 가만히 있을 때 살짝 열린다.

음악 없는
맨 시간

인터넷 서핑과 SNS 못지않게 스마트폰으로 많이 하는 것이 음악 듣기가 아닐까 싶다. 어디를 가든 이어폰을 귀에 꽂고 있는 사람들이 보인다. 젊은이들은 물론 나이 지긋한 중년과 장년들까지도 등산을 가거나 동네를 산책할 때 이어폰을 끼거나 아예 음악을 켜놓고 걷는 사람들을 종종 마주친다.

수도자인 우리는 어떨까? 요리나 청소할 때 혹은 산책할 때 음악을 듣는 수녀들이 꽤 있다. 나도 음악을 참 좋아한다. 내가 보는 유일한 텔레비전 프로그램도 〈불후의 명곡〉이다. 우리 가족은 노래를 무척 좋아한다. 노래를 좋아하시던 아버지는 술만 드셨다 하면 집 밖 저 멀리서부터 노래를 흥얼거리며 오셨다. 어린 시절 오빠는 친구들과 우르르 몰려와 2층 방에서 기타를 치며 노래를 부르곤 했다.

수녀원 들어오기 전 내가 즐기던 유일한 낙은 홀로 커피를 마시며 음악을 듣는 시간이었다. 아직도 우리 가족은 모였다 하면 열심히 먹고 떠들고 나서 마지막에는 기어이 노래방에 가서 마무리한다. 지금은 큰오라버니가 아예 집에 노래방 기기를 설치해서 맘껏 노래하고 춤출 수 있다. 참으로 가무가 뛰어난 가족이다.

수녀원에 들어와서도, 청소할 때나 단순노동 할 때, 혼자 운전할 때는 음악을 들었다. 생활성가, 클래식, 팝송, 가요까지 다양하게 열심히 들었다. 특히 혼자 운전할 때 심심한 기분을 달래는 데엔 음악이 최고다. 빠른 비트의 신나는 음악을 들으면 흥분된 감정이 올라온다. 청소할 때는 음악을 들으며 노동의 지루함과 고단함을 달래기도 했다.

때로는 성당에서 조용한 음악을 들으며 기도할 때도 있다. 음악으로 마음이 차분해지면서 기도가 더 잘 되는 것 같았다. 그런데 가만히 생각해보니 그런 것 같은 기분만 들 뿐 실제로는 내면으로 깊이 침잠하지 못하고 있었다. 음악으로 인해 과

거의 추억과 정서와 오만가지 생각들이 환기되면서 더 많은 분심이 들기도 했다.

'아, 음악은 참 좋지만 나를 완전한 침묵으로 데려가지는 않는구나!'

음악을 들으면서 나의 진짜 감정을 외면하고 음악이 주는 느낌에 의존하고 있는 나 자신과 마주하게 된 것이다. 캐나다 맥길대의 신경심리학자 로버트 자토르Robert Zatorre에 의하면 음악을 들을 때 우리 뇌에서 쾌락과 환각을 느끼게 하는 도파민이라는 신경전달물질이 활성화된다고 한다. 이는 마약이나 알코올, 담배와 같은 물질을 섭취할 때의 뇌의 반응과 흡사한 것이다. 그러니까 음악도 중독성이 있다는 뜻이다.

이제 나는 청소할 때도 요리할 때도 단순노동을 할 때도 음악을 듣지 않게 되었다. 나이가 들면서부터 지금 이 순간을 있는 그대로 느끼고 싶어졌다. 음악 없이 맨 시간을 보내다 보면 내 느낌과 직접 마주하게 된다. 심심함, 허전함, 지루함, 외로움, 우울함, 슬픔의 감정이 마음속을 마구 흔들어대기도 한다. 그래서 하는 일이 싫어지고 기분이 안 좋을 때도 있다. 이전 같으면 이럴 때 내가 좋아하는 음악으로 감정을 달랬을 것이다. 그런데 지금은 이런 불편한 감정과도 친해지고 싶다.

혼자 있을 때, 피곤할 때, 기도가 잘 되지 않을 때, 외롭고 누군가가 그리울 때, 우울할 때, 커피 한 잔 마실 때, 자꾸 음악으로 내 마음의 허전한 틈새를 메워 버릇하면 나 홀로 내 감정에 머무는 힘이 생기지 않을 것 같다. 슬프면 슬픈 대로, 우울하면 우울한 대로, 두려우면 두려운 대로, 외로우면 외로운 대로 감정을 보살피는 연습을 하고 싶다. 내 감정을 마주 보면서 씻을 것은 씻고 버릴 것은 버리면서 화해하고 싶다.

오늘 나는 사무실을 옮겨야 돼서 서고의 책들을 정리하고 있다. 이전의 나는 이럴 때 잔잔한 음악을 틀어놓고 음악이 주는 평안함을 누리면서 책장의 먼지를 털고 책과 자료를 분류했을 것이다. 그러나 이제는 음악 생각이 나지 않는다. 음악 없이 심심함을 음미하면서 책을 정성껏 정리한다. 손에 들어오는 책 한 권 한 권이 소중하게 느껴진다. 그러다가 어느 순간 등줄기에서 끈적끈적한 땀이 흘러내려 기분이 나빠지려고 한다. 너무 덥다. 지친다. 책 정리를 그만하고 싶어진다.

이럴 때는 하던 일을 잠시 멈추고 편안하게 앉아서 내 감정을 토닥토닥 위로해준다. 불편한 감정도 마주하고 알아주면 부정적 기운이 식어가는 느낌이 든다. 거부하고 싶고 불편했던 내면의 감정을 고스란히 품어주는 마음의 영토가 확장되어가는 이 기분, 참 좋다.

종이책 읽기

수녀인 우리들은 매일 영적 독서 시간이 있다. 이 시간에는 성당에 모여 각자 책을 읽는다. 읽는 책은 지식을 얻기 위한 것이라기보다는 신앙과 지혜를 구하기 위한 책들이다. "오소서 성령님. 성령의 빛으로 저희 마음을 이끄시어 바르게 생각하게 하소서"라는 시작 기도로 독서를 시작한다. 고요함 중에 책장 넘기는 소리만 간간이 들린다. 침묵하며 독서에 깊이 빠져 있는 수녀들의 뒷모습이 아름답다는 생각이 든다.

그런데 꼭 종이책이어야 할까?

나도 스마트폰으로 전자책을 읽을 때가 있다. 여행 중에는 기차 안에서 스마트폰으로 기도서를 읽으며 기도하기도 한다. 그런데 어떤 이유에서인지 스마트폰으로 하는 독서와 기도는 집중이 잘 안 되고 마음이 산란하다.

전자책을 읽을 때는 종이책을 읽을 때와 내 마음의 태도부터 다른 것 같다. 향도 촉감도 없는 모니터를 건조하게 쳐다보며 필요한 정보만 빼 오려는 목표지향적인 태도가 생기면서 나도 모르게 빠르게 훑게 된다. 그렇게 읽고 나면 한 권의 책을 읽었다는 느낌보다 정보를 검색했다는 느낌이 더 강하게 든다.

아직까지 전자책은 나에게 마음의 울림이나 사고의 성찰을 어렵게 한다. 전자책에는 무언가 채워지지 않은 허전함이 있다. 개인적인 편견일 수도 있지만 분명 종이책과는 메울 수 없는 차이가 있는 것 같다.

전자책과 종이책은 텍스트 자체로는 다를 것이 없다. 다만 그릇, 즉 텍스트를 담고 있는 매체가 다를 뿐이다. 캐나다의 문화비평가이며 미디어 학자인 마셜 맥루한Herbert Marshall McLuhan은 "매체가 곧 메시지다"라고 했다. 매체는 단지 도구가 아니라 그 자체가 메시지로서 인간의 생각과 생활 방식에 영향을 미친다는 것이다.

예수회 신부며 영문학자인 월터 옹Walter J. Ong은 형식 자체에 내용이 들어 있다고 말한다. 그러니까 매체라는 형식이 내용을 담지만, 동시에 형식 자체가 내용이 되기도 한다는 것이다.

스마트폰은 우리에게 이미 너무나 많은 경험의 확장을 가져다주었다. 스마트폰을 거룩한 말씀과 진지한 텍스트를 담는 그릇으로 사용할 수 있다. 그런데 문제는 동시에 이 그릇에 음악과 영상, 웹툰과 게임, 자극적인 수많은 뉴스거리들이 함께 담겨 있다는 것을 우리가 너무 잘 알고 있다는 사실이다.

스마트폰을 켜는 순간 대형 백화점에 들어선 것과 다름없다. 한 가지만 사려고 들어갔지만 기웃거릴 데가 너무 많다. 그래서 이곳저곳 둘러보고 여기저기 마음을 빼앗기고 예상치 않은 시간을 지불하며 계획에 없던 것들을 사들이게 되는 것처럼, 스마트폰도 기웃거릴 곳도 놀 곳도 넘쳐나니 자연히 산만해지는 것이다.

전자책과 종이책의 학습효과를 비교한 실험 결과를 뉴스에서 본 적이 있는데, 전자책을 읽는 사람의 뇌에서 게임을 할 때와 비슷한 뇌파가 나왔다고 한다. 이는 우리 뇌가 스마트폰으로 게임이나 기타 자극적인 프로그램을 접속한 경험을 기억하고 있기 때문이다. 뇌의 입장에서는 스마트폰이라는 매체가 하나의 메시지로 기억되어서, 스마트폰으로 책을 읽는 것과 게임을 하는 것을 동일하게 처리하는 것이다.

전자책은 읽다가도 클릭 한 번이면 언제든 예기치 않은 장소로 옮겨 갈 수 있다는 걸 우리는 이미 많이 경험했고 잘 알고 있다. 게다가 디지털 기기는 군중을 동반한다. 볼 것도 놀 곳도 많은 데다 말 걸 사람, 말하는 사람, 구경할 사람들도 와글와글 넘쳐난다. 그러니 전자책을 읽으며 고요히 한 곳에 머물며 집중하기란 참 어렵다. 디지털 매체의 이런 특성을 생각해볼 때, 종이책만이 주는 여유와 몰입 체험은 나의 편견만은 아닌 것이 분명하다.

종이책은 오직 그 텍스트만 담고 있는 독립된 그릇이다. 그래서 그 자체로 나에게 고요한 공간을 제공한다. 종이책을 펼치면 마치 아늑한 집에 초대받은 느낌이다. 종이책 속에 오롯이 홀로 머물며 느끼는 평화로움은 마음에 에너지를 준다.

18세기에 읽기 혁명이 일어났을 때, 사람들은 책 읽기를 몸과 마음을 다하는 훈련으로 여겼다. 예로부터 수도자들도 다양한 독서법으로 하느님 안에서 쉬는 체험을 하였다. 이는 종이책 읽기가 주는 이러한 성찰의 효과 때문일 것이다.

종이책을 읽으려면 일단 멈춰야 한다. 습관처럼 텔레비전을 틀고 스마트폰을 들여다보는 일상의 흐름이 일단 멈춰야 한다. 그리고 분주한 마음과 몸이 침묵 모드로 들어가야 한다.

무엇보다 인내해야 한다. 처음부터 집중이 잘 되진 않는다. 지루해하는 나, 스마트폰 보고 텔레비전 보면서 놀고 싶은 나, 골치 아프게 머리 쓰기 싫은 나, 오만 가지 생각이 드는 나를 버텨야 한다.

종이책 읽기는 멈춰서 서서히 내면으로 내려가게 이끈다. 그래서 종이책을 읽다 보면 바빠서 알아채지 못했던 많은 것들이 슬로모션으로 움직이면서 마음의 여유가 생기고 고요하고 행복한 감정이 올라온다.

나는 일 때문에도 책을 많이 읽는다. 그런데 특히 나를 행복하게 해주는 책은 영적 서적이다. 다른 서적들은 하나씩 의문을 풀어가는 성취감이 있지만 그만큼 어떤 목적을 가지고 읽기에 목표지향적으로 열심히 읽게 된다. 하지만 영적 독서는 내 영혼의 건강을 위해 읽는 만큼 조급할 것이 없다. 그래서 책 읽는 그 자체가 쉼이자 행복이 된다.

젊었을 때는 지식을 얻기 위해 읽었지만 지금은 그렇게 살고 싶어서 읽는다. 이런 소망으로 읽는 책은 마치 살아 움직이듯 내 마음속에 콕콕 박힌다. 내가 좋아하는 성 프란치스코 살레시오St. Franciscus Salesius의《신심 생활 입문》이나《신애론》, 영적 어록과 서간들을 읽을 때는 마치 영적 지도자에게 내 영혼을 안내받는 느낌이다. 한 줄 한 줄 읽다 보면 마음이 느긋해지고 살레시오 성인처럼 나 자신도 온화해져 가는 느낌이 든다.

"모든 것을 뛰어넘어 서로 사랑하는 것이 얼마나 좋은 일입니까! 예, 모든 것을 뛰어넘어서 말입니다!" 요즘 읽고 있는 프란치스코 교황의《복음의 기쁨》중 한 부분이다. 마치 교황님이 바로 내 앞에 앉아 사랑스러운 눈빛으로 간곡하게 호소하는 것 같다. 마음이 뜨거워진다. '모든 것을 뛰어넘는 최고의 사랑' 오늘 하루도 곱씹고 또 씹으며 고요히 하루를 보내련다.

스마트폰 없이
나 홀로 보내는 시간의 힘

스마트폰과 거리를 두기 시작하면서 생겨난 것은 무엇보다 홀로 있는 시간이다. 내가 나와 홀로 마주하는 시간이다. 나 홀로 마주하고, 나에게 집중하고, 몸으로 인내하며 마음에 여백을 만드는 시간, 나의 감각을 제자리로 돌려놓는 시간들.

변화는 내면에서 시작된다고 믿기에 의식적으로 혼자 있는 시간을 가지려 한다. 나만의 공간에서 나만의 방법으로. 이른 아침에 걷기, 골방에서 글 쓰고 책 읽기, 성당에서 홀로 머물기……. 이런 시간이 마음과 몸을 가볍게 해준다.

일과가 끝나고 기도실에서 잠깐 머문 후 침실로 들어가 나 홀로 생각에 잠길 때가 하루 중 가장 행복한 순간이다.

온종일 강의 준비하고 글 쓰고 누군가를 만나고 출장 다녀오면서 허리 아프고 피로가 몰려오는 나를 그윽하게 바라본다. 때로는 외로움도 몰려온다. 공허하고 허망한 기분도 느낀다. 바쁘고 요란스럽게 보낸 날일수록 외로움이 더 크게 온다는 것도 알아챘다.

이런 알아차림은 분주했던 하루를 잠시 붙잡아두고 마주하게 해준다. 그렇게 허전한 내 마음을 조용히 바라보고 보듬을 수 있는 그 시간이 참 고맙다.

홀로 머물기는 내 감정과 친해지는 시간이다.

외롭고 시린 이 마음은 어디에서부터 생겨난 것일까, 가만히 들여다보면 바쁘고 요란한 하루 중 누군가에게 상처를 주었거나 받았지만 무심하게 지나쳤던 것에서 온다.

'아, 내가 오늘 그 사람 말에 상처를 받았구나.'

'아, 내가 강연을 더 잘할 수도 있었는데 하는 욕심이 남아있구나.'

'오늘 너무 주변을 보지 않고 급히 달렸구나.'

그래서 지금 내 옆구리가 시려오면서 외롭구나. 결국 이 외로움은 나의 욕심에서 나온 것이라는 것을 알아차린다. 내가 만난 사람들을 내 사람으로 만들고 싶고, 내가 하는 일이 완벽하기를 바라고, 그 누구에게도 싫은 소리를 듣고 싶지 않은 마음, 그래서 지금 내 마음이 허하구나……. 이렇게 솔직하게 바라보고 수용한다. 이 외로움도 공허함도 모두 나니까 그대로 품고 이해하고 사랑해주고 싶다.

홀로 머물기는 나와 연애하는 시간이다. 연애라는 것이 늘 좋아서 만날 수만은 없다. 서로에 대한 신뢰와 믿음으로, 가끔은 서운하고 싫어도 만나고 사랑하는 것 아닐까? 나 자신과도 그런 만남을 이어가고 싶다.

홀로 머물기가 늘 행복하고 평화롭지만은 않다. 그럼에도 나에 대한 무한한 애정과 신뢰를 의식적으로 표현하려고 한다. 그러면 나는 어느새 사랑스러운 존재가 된다.

홀로 머물기는 내 존재가 현존하는 순간이다.

생각, 감정, 일에 지나치게 빠져 있을 때 나는 여기 이 순간에 존재하지 않는다. 그래서 타인의 시선에서 벗어나, 일에서 벗어나, 오로지 나 하나만으로 충분한 시간이 필요하다. 나 홀로 있는 시간은 소홀했던 나를 더 가까이에서 볼 수 있게 해준다. 보지 못했던 나, 만나지 못했던 나, 말을 걸지 못했던 나와 온전히 만나게 해준다.

그러면 어느 순간, 사건과 상황과 욕심으로 인해 밀려 들어온 외로움은 나 스스로 만들어낸 고독이 된다. 외로움은 원치 않는데 어쩔 수 없이 찾아온 손님이라면, 고독은 나 스스로 창조한 침묵의 공간이며 고요한 벗이다.

누군가를 사랑하게 되면 우리는 그 사람을 위해 시간을 내어주어야 한다. 그리고 공을 들이고 보살펴야 한다. 마찬가지로 나 자신을 사랑하기 위해서는 나를 위한 시간과 공간이 필요하다. 바로 고독할 시간과 고독의 공간이다.

그런데 고독은 반드시 외로움을 통과해야 한다. 외로움은 피하면 아프고, 품으면 평화로운 고독이 된다. 외로운 나와 홀로 마주하는 시간, 이는 주체적인 나에 대한 경험이다. 고독할 수 있는 사람만이 누릴 수 있는 특권이다.

6

행복은 어쩌면 스마트하지 않을지도 몰라

감수성아
깨어나렴

몇 년 전부터 그동안 꺼려했던 화초 가꾸기를 다시 시작했다. 사실 전에는 누가 화초를 선물하면 부담스러웠다. 예쁘다는 생각보다 '어떻게 키우지?' 하는 걱정이 앞선 탓이다. 한두 개 키워봤지만 내 손에 무슨 저주라도 걸린 건지 키우는 화초마다 시름시름 앓다가 죽어버린 후부터는 아예 사무실에 화초를 두지 않았다.

그런데 지금은 화초에게 안부도 묻고 이야기도 한다. 물주는 날을 특별히 기억하지 않아도 화초를 보면 "내가 물이 필요해요" 하는 소리가 들리는 것 같다. 멈춰 서서 바라보니 여유가 생기고 마음이 넉넉해지는 기분이다. 잠자던 감성이 기지개를 켜고 일어나는 것 같다.

화초를 키우면서 감수성이 커가는 느낌을 받는 것은 단지 화초를 잘 키우게 돼서만은 아닌 것 같다. 그보다는 화초를 돌보기 위해 멈춘 시간 덕분이 아닌가 싶다.

멈추니 범람하던 생각과 감정이 가라앉으면서 컴퓨터와 스마트폰 속 가상세계를 떠돌던 감각이 현실 세계로 차분히 돌아오는 것 같다. 그러면 분주함으로 지나쳤던 내 마음이 보인다. 그리고 내 마음이 보이니 꽃들도 보인다.

이전에는 두렵기만 하던 꽃들인데, 지금은 꽃을 보면 마음이 환해진다. 멈춰 서서 바라보고 머무는 이 순간, 묶였던 감성이 숨을 쉬면서 딱딱한 마음이 촉촉해지고 말랑해지는 느낌이다.

그래서일까, 요즘은 "더 젊어졌다" "좋아 보인다"라는 소리를 자주 듣는다. 결코 젊어져서가 아니라 전보다 부드럽고 유연해 보인다는 말일 게다. 이렇게 감수성을 키워가다 보면 네가 아프면 나도 아프고 네가 즐거우면 나도 즐거운 공감의 힘도 점점 커지겠지 하는 기대도 해본다.

감수성은 상대의 희로애락이 내 마음으로 흘러들어와 상상하고 공감하도록 해준다. 이런 의미에서 감수성은 마음의 능력이자 다른 세상과의 연결고리다. 그런데 감수성을 키우려면 감각이 예민해야 한다. 감각이 예민해지기 위해서는 어떻게 해야 할까? 살아 있는 진짜 외부 세상과 아날로그적으로 접촉하면서 소통할 때 우리의 감각은 열리고 발달한다.

그런데 우리는 인터넷, 스마트폰, 텔레비전 같은 '장소가 없는 공간', 메이로비츠Joshua Meyrowitz가 명명한 '감각을 잃은 공간'에서 너무 많은 시간을 소비하며 살아가고 있다. 지금의 우리는 리얼리티 쇼, 서바이벌 게임, 오디션 프로그램 속의 진짜 같지만 편집된 현실, SNS와 온라인 게임 속 가상공간을 넘나들며 세상을 체험한다. 옛 어른들은 "살다 보면 알게 된다"라고 했지만, 지금 우리가 경험하는 삶의 공간은 더 이상 살다 보면 알 수 있는 옛날의 그 장소와는 다르다.

진짜보다 더 진짜 같은 가상현실은 드라마틱한 기승전결과 반전이 있다. SNS 속의 연출되고 편집된 가상현실은 환상과 낭만을 꿈꾸게 한다. 그래서 더 짜릿하고 흥분되고 자꾸 끌린다. 그런데 이렇게 가상공간에 감각이 길들여지면 진짜인 현실은 심심하고 밋밋하게 느껴진다. 마치 조미료에 길들여진 입맛으로 인해 재료 본연의 맛을 음미하지 못하듯, 평범하고 소소한 일상에서 오는 미세한 떨림과 신비한 존재감을 알아채기가 힘들어지는 것이다. 속삭이는 새소리, 꽃의 흔들림, 미세한 표정의 변화, 평범한 이웃의 이야기에 집중하기가 어려워지는 것이다.

하지만 우리는 본디 섬세하게 반응하도록 태어났다. 아이를 보라. 아이는 작고 사소한 것에 깔깔거리며 신기해하고 감탄한다. 기어가는 개미 한 마리, 길가에 피어 있는 들꽃 한 송이, 날아가는 나비 한 마리에 발길을 멈추고 눈길을 준다. 우리 또한 이러했다. 우리는 세상의 신비로움과 아름다움에 이토록 섬세하게 반응하는 존재로 태어났다. 잠자던 감성을 살리는 것은 우리 본연의 존재를 회복하는 것이다.

지천으로 꽃이 널려 있어도 내가 멈춰 서서 보지 않으면 꽃은 볼 수 없다. 세상은 내가 관심을 기울인 만큼만 반응한다. 아날로그 세상 속에서 직접 보고 듣고 만지고 부딪치면서 내 몸의 오감을 통과하며 자라는 상상력은 삶을 책임지고 사랑할 에너지를 준다. 그렇기에 스마트폰과 인터넷으로 시간을 보내는 그만큼 사람과 접촉하고 자연 앞에 멈추려 한다.

작고 소리 없는 미세한 것 앞에 멈춰 말을 걸고 싶다. 매일 마주하는 사람과 자연에 몸을 멈추고 마음을 멈춰 자세히 들여다보고 싶다. 그렇게 날마다 잠들어 있는 감수성을 깨우고 싶다.

감수성에 물주기

언제 어디서나 연결되는 네트워크, 넘쳐나는 정보와 소리, 자극적인 이미지에 내 몸의 감각이 길들여지고 있다. 이러한 자극에 익숙해져 무뎌진 감각을 복원하기 위해서는 감수성을 키우는 연습이 절실히 필요하다. 소소하고 밋밋하고 지루하고 심심한 것과 소통하는 연습은 마음의 감수성을 깨워주고 몸의 감각을 제자리로 돌려준다. 그래서 할 수 있는 것부터 하려고 몇 가지 리스트를 만들어 감수성 깨우기 연습을 하고 있다.

1 잠깐 멈추기

잠들어 있던 감성을 흔들어 깨우려면 무엇보다 분주함에서 벗어나야 한다. 멈춰야 한다. 5분이라도 아니 1분이라도 몸을 멈추고, 하던 일을 멈추고 가만히 있어보자.

2 감탄하기

정원을 하루에 한두 번씩 두루 다니며 작은 식물 앞에 눈높이를 맞춰 낮은 자세로 바라본다. 태도도 언어이며 마음이라 믿으며. 그리고 감탄한다. "정말 예쁘다!" "와, 좋다." "어쩌면 이리 곱누." 처음에는 조금 과장되게 느껴지지만 하다 보면 진심어린 감탄으로 변한다.

❸ 화초와 대화하기

화초에 그냥 아무 말이라도 좋다. "안녕?" "오늘 날씨 좋다." "너도 나가고 싶어? 그럼 베란다에 내어줄게." 이렇게 대화하다 보면 나도 모르게 어린아이처럼 순수해지는 느낌이 든다. 이런 느낌, 참 좋다.

❹ 공기와 바람의 결 느끼며 걷기

머리가 무거울수록 집에만 있으면 안 된다. 밖에 나가 공기와 바람결을 느끼는 게 좋다. 이때 중요한 건 천천히 걷는 거다. 같은 운동장이라도 나무 옆에서 걸을 때와 놀이터에서 걸을 때 불어오는 바람의 결이 다르다. 날씨에 따라 다른 바람의 결을 누리는 재미도 쏠쏠하다. 더울 때는 나무 옆, 추울 때는 운동장 가로 간다. 주의할 것은, 절대로 빨리 걷지 않는다. 천. 천. 히.

5 그림을 바라보며 상상하기

벽에 자연과 관련된 그림을 걸어두면 좋다. 그리고 그림을 바라보며 산속이나 강 저편의 공간을 상상하는 거다. 미시간 대학 심리학과 마크 베르만Marc Berman 교수에 의하면, 자연과의 아주 짧은 교류만으로도 사색에 진전을 보이고 집중력을 키울 수 있다고 한다. 그런데 직접 그 공간을 경험하지 못하고 그림을 보고만 있어도 효과가 있다. 뇌는 상상만 해도 반응하기 때문이다.

6 나무와 꽃을 바라보며 등산하기

낮은 산이라도 한 달에 한 번 정도 등산을 하면 좋다. "내려갈 때 보았네 / 올라갈 때 보지 못한 / 그 꽃" 고은 시인의 시를 기억하면서 오를 때 '그 꽃'을 보자. 힘들 때 보는 그 꽃은 숨을 고르게 해줘 몸이 정화되고 마음을 맑게 해준다.

아날로그적으로 기억해보기

나는 요리 잘하는 수녀들이 참 부럽다. 그들이 만든 음식을 보면 감탄이 절로 나온다. 음식 맛이 좋으면 분위기도 더 화기애애하다.

밥을 함께 먹는다는 것은 참으로 의미 있는 리추얼ritual(우리말의 의식儀式과 비슷한 뜻)이다. 함께 먹는 사람들과 정서적 교감을 나누는 특별한 순간이다. 세월이 지나도 어머니가 해준 음식, 그 맛과 대화 속에 무르익었던 사랑을 기억나게 한다. 밥을 먹었다기보다 사랑을 먹은 것이다. 이런 의미에서 요리를 한다는 것은 사랑을 창조하는 아름다운 노동이라고 생각한다.

그런데 나는 요리를 잘 못 한다. 엄마 음식 솜씨를 배우지 못했다. 비주얼도 영 받쳐주질 못한다. "꼴은 그래도 맛은 좋아요"라며 수줍게 내놓은 음식을 동료 수녀들은 맛있게 먹어주지만, 그다지 위로가 되지 않는다.

이런 내가 요즘 요리에 약간 자신감이 붙었다. 검색 덕분이다. 요리 재료와 과정이 아주 친절하게 정리되어 있어 요리에 있어 생초보인 나도 쉽게 따라 할 수 있다. 심지어 불의 세기와 조리 시간까지 알려주니 이 얼마나 환상적인가!

처음 한동안은 컴퓨터를 열어 레시피를 하나하나 적어가면서 메모하고 기억하려 했었다. 그런데 스마트폰이 생겼다. '아하, 그냥 이거 들고 하면 되겠네!' 하고 깨달은 후부터는 아예 스마트폰을 주방에 놓고 요리 중간중간마다 모르는 게 있으면 바로바로 검색해서 찾아낸다. 그렇게 해낸 요리를 보면 나 스스로 뿌듯하고 자랑스럽기까지 하다.

그런데 이상하다. 같은 요리인데도 며칠 후에 다시 하려면 방법이 전혀 기억나질 않아 또 검색하게 된다. 왜 그럴까? 주변 사람들에게 물어보니 다들 나와 똑같다는 것 아닌가!

나는 아주 특별한 내용이 아니면 굳이 즐겨찾기에 저장하지도 않을 만큼 나름 검색의 도사라고 생각하고 있었다. 그런데 이 사건을 계기로 나를 뒤돌아보니, 스스로 고민하거나 생각할 약간의 여유도 없이 조금만 막히면 바로 인터넷 검색을 하고 있었다. 원고 작업이든 강의 준비든 집중해서 그 흐름을 타고 들어가야 하는데 검색으로 자꾸 치고 빠지면서 오히려 맥을 놓치고 주의력을 분산시키고 있었다.

그뿐만 아니라 검색을 너무 자주 많이 하다 보니 오히려 머릿속이 복잡하게 엉키고 생각이 정리가 안 됐다. 남의 생각을 너무 많이 보다 보니 정작 내 생각이 들어설 자리가 없었던 것이다. 그러고 보니 친절한 검색이 사실은 교묘한 방해꾼이었던 것이다.

UCLA 노화연구소와 신경정신의학연구소에서 기억력 장애 클리닉을 운영하는 저명한 정신과 의사이자 뇌과학자인 개리 스몰Gary Small에 의하면, 인간은 지속적으로 주의력이 분산되면 상당한 스트레스를 받게 된다고 한다. 그러면 식별력도, 스스로 통제할 인내력도, 심지어 자존감까지도 떨어진다는 것이다. 검색에 의존해서 사고의 맥을 자주 끊는 것이 우리 뇌와 정신을 얼마나 무기력하게 만드는지를 보여주는 충격적인 대목이다.

그동안 나는 검색이 지식을 얻는 배움이라고 때로는 착각하기도 했었구나!

사실 검색은 쇼핑과 같은 행위다. 나 스스로 정보를 분석하고 해석하는 과정 없이, 그냥 컴퓨터 저장고에서 꺼내오기만 했던 것이다. 그러니 쇼핑하듯 빠르게 훑으면서 필요한 것만 뽑으려면 조급함이 저절로 생긴다. 다시 찾으면 되지라는 안일한 생각을 나도 모르는 사이에 하고 있었던 것이다. 이렇게 검색으로 찾은 정보는 한 번 사용하고 버리는 일회용 소모품이었다. 생각해야 기억에 남고, 그 기억으로 적용도, 창조도 가능한 법이다.

그런데 검색은 스스로 생각하는 과정 자체가 생략되어 있으니 기억이 날 리 만무하다. 왜 엊그제 검색한 레시피가 전혀 기억나질 않는지, 왜 검색에 의존할 때 오히려 일의 진도가 잘 안 나가는지 비로소 이해가 됐다. 요즘 들어 심해진 깜빡병이 단지 나이 탓만은 아님을, '디지털 치매'가 결코 남의 이야기가 아님을 깨닫고 나니 정신이 번쩍 드는 느낌이다.

기억하는 것이 얼마나 깊은 정신적 · 영적 의미가 있는지 더욱 깨닫게 된 계기가 있다.

작년에 한 방송사에서 어버이날 특집으로 돌아가신 어머니에 대한 그리움을 주제로 우리 가족을 대상으로 다큐멘터리를 찍었다. PD는 우리 가족들을 찾아다니며 어머니에 대한 회상을 이끌어냈다. 지금은 만날 수 없는 어머니, 그러나 기억을 더듬어보니 정말 많은 것들이 펼쳐졌다. 빛바랜 사진과 유품들 속에서 펼쳐져 나오는 살아 있는 이야기들은 우리 가족을 더욱 끈끈한 애정으로 감싸주었다. 기억하기에 어머니의 현존을 느낄 수 있었다. 그리운 사람을 기억하는 것이 이렇게 행복한 것일 줄이야!

어떨 때는 인터뷰하면서 너무 힘들었다. (편집되기는 했지만) 잊고 있던 엄마에 대한 아픈 기억들이 떠올랐기 때문이다. 엄마에게 반항하고, 밥 안 먹고, 그런데 엄마는 늘 밥상을 차려놓고 계셨다는 것이 생각났다. 엄마 자신은 돌보지 않고 오로지 자식들만 챙기려 했던 소소한 사건들과 암 선고를 받은 엄마를 제대로 위로해주지 못한 죄책감…… 이런 것들을 떠올린다는 건 고통이었다.

그런데 계속 기억을 불러내 고통을 느끼고 슬퍼하는 과정을 통해 마음이 정화되는 걸 느꼈다. 슬픔과 아픔을 불러일으키는 고통스러운 기억도 마음 안에서 불러내어 대화하면 치유 받게 됨을 체험한 것이다.

소중하고 특별한 경험도 기억하지 않으면 의미가 없어져 버린다. 아프고 고통스러운 경험도 마찬가지다. 기억하지 않으면 새로운 의미를 얻지 못한 채 결핍과 문제로만 남게 된다.

그래서 기억하는 것은 참으로 소중한 생각의 과정이다. 그리운 사람, 사건, 사물에 대한 느낌을 마음 안에서 불러 모으면 그것은 그대로 현실이 된다. 아프고 고통스러운, 이해하지 못한 상처도 내 마음 안으로 불러와 기억하면 새로운 의미로 내 안에서 통합된다.

단순한 암기 차원이 아니라 살아 있는 의미와 가치로 기억하고 싶다. 요리는 단지 먹기 위해서가 아니라 사랑을 나누는 일이며, 운전은 차를 움직이는 것이 아니라 누군가에게 다가가는 행위다. 일에 필요한 정보를 탐색하는 것은 단지 월급을 받기 위한 노동이 아니라 세상을 움직이고 생기를 더해주는 사명을 수행하는 것이다.

예수님께서 십자가의 죽음을 앞두시고 최후의 만찬에서 왜 당신을 기억하라고 당부하셨는지 알 것 같다. 기억함으로서 나의 현재는 더욱 깊고 아름다워진다.

뇌 리셋하기

1 내 머릿속에게 묻기

남의 정보를 찾는 데 보내는 시간을 줄여보자. 인터넷 포털 사이트에 묻기 전에 먼저 나에게 내 생각을 물어보는 것이다.

요리하기 전에 우선 내 머릿속을 검색한다. 정확하지 않아도 내 나름의 기억을 되살려서 머릿속에서 먼저 시뮬레이션해 본다. 필요한 재료와 요리 순서를 머릿속으로 정리해보는 것이다. 그런 다음에 정말 모르겠는 부분은 검색을 통해 보완한다.

이때 중요한 건, 주방에 스마트폰을 가져가지 않아야 한다. 요리하는 동안 스마트폰을 열어 커닝하지 않고 실수해도 괜찮다는 마음으로 일단 시도한다. 검색에 의존할 때는 지시한 대로 흉내 낼 뿐, '이 정도가 알맞겠다'라는 감이 없다. 그런데 스마트폰에 의존하지 않고 스스로 생각하고 나 혼자 시도해보면서부터 콩나물을 너무 삶아 죽이 되기도 하고 된장을 너무 넣어 짜기도 하는 등 시행착오를 거치면서 불 조절과 시간 조절, 간 맞추기에 약간의 감이 생긴 것 같다. 감은 다른 사람의 레시피가 아니라 나만의 레시피다. 맛의 비결을 물을 때마다 엄마가 늘 말씀하시던 "그냥 하면 돼"가 바로 이것이구나 싶다.

글을 쓰거나 강의 준비할 때 생각이 막히는 경우에도, 바로 검색하거나 서고로 쫓아가기보다 잠시 생각하는 시간을 갖는다. 검색은 딱 한 조각의 정보를 제공하지만 사색은 여러 갈래로 펼쳐진 다양한 길을 보여준다. 책이나 학술지를 읽을 때도 중요한 부분에서 멈춰 저자에게 질문하듯 묻고 그에 대한 내 생각을 적는다. 그러면 더 기억에 남고, 그 기억으로 또 다른 연결고리가 찾아진다. 검색해도 찾을 수 없었던 나만의 감이 쑥쑥 자라는 기분이다.

❷ 사람에게 먼저 묻기

언젠가 용산에 있는 교육관을 찾아가야 했다. 초행길인지라 포털 사이트로 루트를 검색하면서 길을 나섰다. 그런데 막상 찾으려니 어디가 어딘지 잘 모르겠다는 생각에 덜컥 겁이 났다. 한참을 헤매다 안 되겠다 싶어 상가에 들어가 물어보니 주인이 살짝 웃으며 "바로 요기예요"라고 옆 건물을 가리켰다.

그 앞을 몇 번을 오갔는데도 전혀 보이지 않았던 간판이 떡하니 나를 바라보고 있었다.

검색에 의존해서 살다 보니 누군가에게 물어야겠다는 것조차 잊고 살고 있었다. 먼저 물어봤으면 쉬웠을 것을……. 그저 한 번만 물어보면 될 일이었다.

공간지능을 담당하는 해마는 장소뿐만 아니라 사물과 사건에 대한 체험들도 서로 연결해준다. 그래서 해마를 자꾸 사용하면 기억력도 향상되고 알츠하이머 예방에도 아주 좋다고 한다. 운동으로 근육을 단련하듯, 길 찾기로 해마를 키워야겠다. 어떻게? '길 찾기' 앱에 의존하지 않고, 미리 약도를 보고 메모하고 스스로 기억하며 길을 찾는 것이다. 그래도 모르겠으면? 사람에게 물어보면 된다.

두리번거릴 여유가 있어야 기억도 할 수 있다.

❸ 단기기억 창고 비우기

나는 많은 시간을 머릿속에 인풋으로 집어넣는 일만 하며 보내는 것 같다. 그런데 안타깝게도 기억해야 할 정보가 너무 많다 보니 더 잘 잊는다. 우리 뇌는 중요한 정보를 장기기억 창고에 넣으려면 반드시 단기기억 창고를 통과해야 한다고 한다. 하지만 안타깝게도 단기기억 창고는 용량이 매우 적다. 그런데 컴퓨터로, 스마트폰으로, 텔레비전으로 끊임없이 정보를 들이부으니 늘 단기기억 창고가 꽉 차 있다.

그래서 정작 중요한 정보는 들어갈 틈이 없다. 단기기억 창고에 제대로 담질 못하니 아예 장기기억 창고로는 진입도 못할 수밖에. 나를 포함해 현대인이 돌아서면 기억나지 않는 이유가 바로 이것 때문이다. 스마트폰 때문에 우리 뇌의 단기기억 창고가 과부하가 걸린 것이다.

이럴 때는 꺼줘야 한다. 멈춰야 한다. 그래야 단기기억 창고가 정리되면서 비워진다. 다음은 단기기억 창고를 비우기 위해 내가 사용하는 방법이다. 사무실 컴퓨터 앞에서도 할 수 있다. 단, 3분이면 충분하다.

① 잠시 일을 멈춘다.

② 나의 호흡 소리를 들으면서 나 자신에게 집중한다(지금 이 순간은 당신이 활동에서 존재로 옮겨가는 특별한 순간이다).

③ 2분 동안 가만히 내 숨소리와 몸이 느끼는 것에만 집중해 보자. 눈을 감아도 좋다. 그 어떤 것도 보지도 듣지도 생각하지도 말자. 그냥 내 숨소리와 몸의 느낌에 집중하라. 멍때리는 느낌이 참 좋다.

④ 2분 후 눈을 뜨고 사무실의 화초나 창밖의 풍경을 사랑스럽게 바라본다. 벽에 걸려 있는 자연 풍경을 담은 그림을 봐도 좋다. 그리고 유쾌하고 즐거운 감정을 음미한다(즐겁지 않다고 생각되는 순간에도 '즐겁다', '좋다'라고 되뇌면 진짜 그런 느낌이 들 때가 있다). 기분이 좋아지면서 잡다한 정보로 가득 찼던 복잡한 머릿속이 깨끗이 씻기는 기분이다.

⑤ 몸을 일으켜 평소 기분 좋을 때 하는 포즈를 취한다(나는 양손을 쭉 하늘을 향해 뻗으면서 "앗싸! 좋구나!" 하고 혼잣말을 하곤 한다).

자, 이제 나의 뇌는 리셋되었다.

용은아,
너 지금 어디에 있니?

언젠가 지인이 운전하는 차를 탔는데 내비게이션 두 개를 동시에 작동시키고 있었다. 더 빠른 길을 찾기 위해서란다. 그는 그런 상황이 익숙한지 두 개의 내비게이션을 번갈아 보면서 또 그 와중에 나에게 계속 말을 건넸다. 그런데 나는 정신이 하나도 없었다. 내비게이션 두 개에서 동시에 소리가 나지, 그는 계속 말을 걸지, 목적지까지 어떻게 왔는지 정신이 몽땅 빠져나간 기분이었다.

지금의 디지털 시대는 우리를 습관적으로 산만해지도록 부추기고 길들인다. 우리는 언제부터인지 한 가지 일만 하지 않는다. 일하면서 인터넷을 서핑하고 SNS를 들락거린다. 한 사람과 대화하면서 동시에 스마트폰 속의 사람들에게 대답한다. 운전할 때도 내비게이션을 보면서 음악을 듣고, 대화도 나눈다. 근무 중에 맛집과 여행지를 검색하며, 휴가지에서 단체 채팅으로 업무 회의를 한다.

텍스트가 조금만 길어지면 스크롤을 빠르게 내려 스킵한다. 텔레비전도 조금만 지루해지면 이 채널 저 채널로 리모컨을 돌린다. 다시 보기로 텔레비전을 보면서 1.2배속에서 2배속까지 빨리 감기로 보고 싶은 것만 보는 것이 습관이 되어 실시간 생방송을 보면서도 자신도 모르게 빨리 감기를 누르게 되더라는 이야기를 들은 적도 있다.

여기저기로 건너뛰면서 수시로 연결했다 끊어지고 접속했다 퇴장하는 짧고 산만한 호흡에 우리는 자신도 모르게 익숙해지고 있다.

산만함이 습관이 되어버린 것이다.

'습관적 산만함'은 비단 행위에만 국한되지 않는다. 생각하는 습관도 산만해지고 있다.

우리가 손가락으로 스마트폰 화면을 빠르게 이동하며 검색할 때, 우리의 뇌는 하나의 정보에서 또 다른 정보로, 하나의 잡념에서 또 다른 잡념으로 꼬리에 꼬리를 물며 딴생각을 하게끔 산만함을 훈련받고 있는 것이다.

그런데 사실 우리 뇌는 이 일에서 저 일, 이 정보에서 저 정보로 옮겨 다니면서 동시에 여러 가지를 멀티로 하는 것을 매우 힘들어한다고 한다. 뇌과학자들에 따르면 리모컨으로 채널을 바꾸듯 스위칭하는 것일 뿐 우리 뇌가 멀티태스킹하는 것은 불가능하다고까지 말한다. 또한, 이곳저곳을 건너뛰며 검색할 때 뇌에서 아드레날린 같은 스트레스성 호르몬이 나와 두뇌 기능이 손상될 수도 있다고 한다. 습관적 산만함이 뇌를 혹사시켜서 뇌의 주의력 시스템을 망가뜨리는 것이다.

우리가 여러 가지 일을 동시에 할 수 없음을 보여주기 위해 내가 강의 때 사용하는 영상이 있다. 영상 속에는 등장인물들이 서로 공을 주고받는다. 그 와중에 누군가가 지나가기도 하고 퇴장하기도 하고 새로 화면 속으로 들어오기도 한다. 이 영상을 보여주면서 등장인물들이 서로 공을 주고받는 횟수와 사람이 들고나는 변화를 동시에 인지하는지 테스트하는 것이다.

지금까지 여러 강의에서 수많은 사람들에게 이 영상을 보여주었지만, 공을 패스하는 횟수와 사람들이 들고나는 횟수를 모두 정확히 말한 사람은 한 명도 없었다. 공을 패스하는 횟수에 집중하면 중간에 사람이 퇴장하고 지나가고 새로 들어오는 것을 보지 못한다. 반면에 누군가 나가고 들어오는 것을 체크하다 보면 공을 패스하는 횟수를 제대로 세지 못한다. 하나에 집중하면 다른 것을 놓치는 것이다. 이는 우리가 동시에 두 가지 일에 집중하는 것이 매우 힘들다는 것을 보여준다.

그런데 한 강의에서 공의 패스 횟수와 지나가는 사람과 나가고 들어오는 사람까지 모든 것을 정확하게 맞춘 여성이 나왔다. 정말 깜짝 놀랐다. 어떻게 그런 놀라운 집중력을 가지고 있을까? 호기심과 놀라움에 그녀에게 물었다.

"평소에 책을 많이 읽나요?"

그런데 그녀의 대답에 나는 또 한 번 놀랐다. 수줍은 듯 작은 목소리로 그녀는 이렇게 대답했다. "그보다…… 기도를 많이 해요."

'집중력에 대해 이야기하고 있는데 웬 기도?' 함께 강의를 듣던 사람들은 그녀의 대답에 피식 웃었지만 나는 '바로 이거다!' 싶었다.

이미 뇌과학자들은 기도나 명상을 잘하는 사람이 집중력이 높다는 것을 여러 실험을 통해 과학적으로 입증했다. 그들의 뇌는 일반 사람들의 뇌와 다르다고 한다. 집중력은 다름 아닌 지금 여기에 현존하는 힘이다. 그런데 기도와 명상은 지금 이 자리에 현존할 수 있는 시간을 만들어준다. 기도와 명상만 잘해도 집중력이 높아지는 이유다. 그리고 이 여성은 정말 제대로 기도하는 사람인 것이다. 나의 추가 설명에 사람들도 자못 숙연해졌다.

습관적 산만함은 무엇보다 '지금 여기'에서 인내하기 어렵게 만든다. 스마트폰으로 즉각적인 자극을 받는 것에 익숙하다 보니 진짜 현실에서 즉각적으로 반응이 오지 않으면 초조하고 불안해한다. 하나에서 둘을 차근차근 건너갈 인내심이 없어지고, 셋 넷을 동시에 넘어가고 싶어진다.

나 역시 그렇다. 지금 하는 일이 지루하거나 부담스러울 때, 갈등이나 문제가 생겨 마음이 무거울 때, 내가 원하는 만큼 일이 빨리 진행되지 않거나 해결책이 보이지 않을 때, 지금 여기에서 버틸 에너지가 필요할 때, 인터넷 사이트로 들어가서 생각 없이 쏘다니고 싶은 유혹을 느낀다. 그렇게 디지털 기기 속에서 오만가지 잡념에 빠져 방황하고 있을 때, 아담을 찾는 주님의 목소리를 듣는다.

"너는 어디에 있느냐?" (창세기 3:9)

그 목소리를 따라 내가 나를 찾으러 다닌다.

'용은아, 너 지금 어디에 있니?'

마치 부산하게 돌아다니는 어린아이를 제자리로 불러 앉히기를 반복하듯, 내가 어디에 있는지 묻기를 반복하고 반복한다. 그렇게 나의 현존을 점검한다. 이것이 습관이 되고 일상이 될 때까지 반복하면서 '지금의 나'와 마주하는 힘을 키워가고 싶다.

나는 어제도 내일도 아닌, SNS도 인터넷 포털 사이트도 아닌, 바로 '지금 여기' 있으니까.

집중하는 힘 키우기

누군가 유명한 선승에게 물었다.

"스승님은 어떻게 깨달음을 얻으셨습니까?"

"밥 먹을 때는 밥만 먹고, 잠잘 때는 잠만 잔다."

이 말을 들었을 때는 '당연한 거 아니야?'라고 생각했지만, 이게 쉽지가 않다. 특히 바쁜 사회 분위기와 습관적 산만함이 일상인 이 세상에서 한 번에 한 가지만 한다는 것은 정말 쉬운 일이 아니다. 그렇기에 '지금 여기'에 주의를 기울이는 연습이 중요하다.

우리가 원하는 일, 원하는 성과도 관건은 집중력이다. 사랑, 관계, 배려, 성찰, 인내 등 우리 삶에서 가장 중요한 행위는 모두 집중력에서 시작된다. 낮은 단계의 욕구는 집중력이 필요하지 않지만 높은 수준의 욕구는 집중력이 절대적으로 필요하다.

집중하지 못하면 사랑할 수도 없다. 나 자신도, 내가 하는 일도, 내 곁의 사람도.

1 한 번에 한 가지만!

언젠가 컴퓨터로 열심히 서류 정리를 하고 있는데 전화가 왔다. 나는 하던 일을 계속하면서 통화를 했다. 그런데 전화를 끊고 보니 이게 웬일! '다른 이름으로 저장'해야 하는데 그냥 저장하기를 눌러 기존에 있던 원본 서류가 없어져 버린 것이다.

이뿐이랴. 뉴스를 보면서 바느질을 했다가 엉망이 되어 처음부터 다시 해야 했던 일, 누군가와 대화하다가 딴생각에 빠지는 바람에 중요한 이야기를 놓쳐서 반복해서 묻고 다시 청해 들어야 했던 일 등 동시에 두 가지 일을 하다가 오히려 시간은 배로 들고 에너지는 더 소모되고 결과적으로 효율성은 더 떨어졌던 일들이 얼마나 많았던가!

그래서 '한 번에 한 가지만!'이라는 슬로건을 만들어 나 홀로 되뇐다. 물론 여러 가지 일을 몰아쳐서 해야 할 때도 있다. 하지만 평상시에는 한 가지 일만 집중해서 하고 적절한 타이밍에 그 일을 일단락한 뒤 다음 업무로 넘어가려 한다.

밥 먹을 때는 음식을 음미하며 감사히 먹으려 한다. 여러 사람과 대화할 땐 한 사람과 눈을 마주 보며 대화가 일단락되면 다른 사람에게 눈길을 준다. 강의하는 것도 아닌데 여러 사람을 동시에 바라보면 여기저기에서 말이 튀어나와 산만해진 경험이 여러 번 있다.

무엇을 하든 한 번에 한 가지만 하는 것, 이것만으로도 집중력이 올라가는 기분이다.

2 일에 이름을 붙여주고 대화하기

일이 정말 하기 싫고 오만 공상과 망상에 진짜 집중이 안 될 때가 있다. 하는 일에 회의감이 들면서 포기하고 싶은 순간도 있다. 솔직히 일이 하기 싫거나 싫증을 느낄 때, 또는 일에 쫓기는 느낌이 들면 어떤 것에도 집중하기가 힘들어진다. 그럴 때 내가 사용하는 방법은 지금 해야 할 일을 인격화하여 일에 이름을 붙인 후 대화를 나누는 것이다.

나는 일을 '라보로'라고 부른다(lavoro는 이탈리아어로 '일'이라는 뜻이다). 한국어로 '일'이라고 부르면서 일과 대화하면 장난처럼 느껴져서 몰입이 안 될 텐데, 외국어로 부르면 진짜 사람을 마주하는 기분이 들면서 대화하는 데 도움이 된다.

"디어 마이 라보로, 지금 무엇이 나를 힘들게 하고 있지? 집중이 안 돼!"

이 말만 해도 '일'이라는 행위보다 '나'라는 존재로 주의를 끌기에 충분하다. 그러면서 내가 정말 중요하게 생각하는 가치를 떠올리게 된다.

"나는 라보로 너 자체를 즐기고 싶어."

"나는 주변의 반응이나 결과에 거리를 두고 싶어."

이런 대화는 의미 있는 방향으로 내 마음을 모아주면서 내 안에 새로운 집중력이 탄생하는 기분을 맛보게 해준다.

3 스트레스 받는 몸에 집중하기

스트레스를 받을 때 내 몸에서 어떤 사인이 오는지 주의를 기울인다. 스트레스는 정확하게 몸으로 나타난다. 심리적인 감정은 생리적인 것으로도 경험되기 때문이다. 나의 경우엔 장시간 신경을 쓰면 두통이 오거나 허리에 통증이 오면서 배가 아프다. 그럴 때는 사람에게든 일에든 집중하기가 힘들다.

그럴 때는 우선 일을 멈춘다. 그리고 나 혼자 머물 수 있는 곳으로 간다. 그곳에서 편안하게 앉거나 누워서 천천히 깊고 긴 복식호흡을 하면서 마음을 다스린다. 일이 안 풀리고 답답할 때 호흡에 마음을 주기만 해도 안정되는 것을 느낄 수 있다. 그러고 나서 양손 중지와 약지로 이마나 광대, 코밑을 톡톡 쳐주거나 아픈 부위를 쳐준다. 그렇게 톡톡 쳐주면서 내 몸에 집중하며 기도하거나 다정하게 말을 건다.

"나의 몸과 마음, 정신, 영혼 모두 화목하게."

"나의 모든 통증은 아웃. 몸과 마음의 평화는 컴인."

대화의 방법은 각자 자기 상태에 맞게 하고 싶은 대로 하면 된다. 아주 단순한 한마디도 좋다. "통증이여 이제 안녕~" "내 마음에 평화를" "화야 내 안에서 나가주라" 등 당신의 언어로 말을 걸어보자.

소리 내서 말하든, 속으로 말하든 상관없다. 나는 혼자 있을 때는 소리 내서 말하기도 하고, 어떨 때는 속으로 기도하듯이 말하기도 한다. 소리를 내든 안 내든 친근하되 간절한 마음으로 말한다. 내 몸과 마음을 안아주는 포근한 느낌, 토닥토닥 만져주는 느낌으로.

이럴 때 에너지를 충전해주는 부교감신경계가 활성화되면서 새로운 기운이 느껴진다.

진짜 효과 있다.

털털하게
살고 싶다

어느 유명 연예인이 자신의 블로그에 이런 고백을 올렸다고 한다.

"생활이 점점 가식적으로 변하고 글도 남들을 의식하며 올리다 보니 나 자신이 읽어도 오글거릴 정도다"라고. 처음에는 블로그를 일기처럼 쓰려고 했는데, 갈수록 방문자 수가 늘어나고 이웃이 많아지자 점점 더 자유롭지 못한 자신에게 무척 실망했다는 것이다. 나부터도 누군가 내 일기장을 들여다보고 있다고 생각하면 정직하고 진솔해지기 어려울 것 같다.

몇 년 전에 나도 야심차게 블로그를 시작했었다. 내 글이 사람들에게 좋은 울림이 되었으면 싶었다. 소소한 일상이나 올리면서 자랑질은 하지 말자고 생각했다. 시작은 그랬다.

우선은 잡지나 신문에 실렸던 내 글을 올렸다. 가끔 댓글을 달아준 사람들의 블로그를 훔쳐보면서. 그래, 훔쳐본 것이 맞다. 내 발자국을 남기지 않으려고 로그인하지 않은 채 들여다보았으니까.

사람들이 어떤 댓글을 달든, 조회 수가 어떻든 세상 평가에 초연한 사람인 척하고 싶었다. 그런데 어느덧 내 글에 감동했다는 사람부터 자신의 논문에 내 글을 인용해도 되는지 물어보는 사람이 생기자 마치 내가 뭐라도 된 듯 으쓱했다.

그러다 몇 년이 지나면서 조회 수도 더는 느는 것 같지 않고 새로운 블로거들도 유입되지 않자 힘이 빠지기 시작했다. 조회 수를 늘리려면 어떻게 해야 할까 고심하면서 인기 블로그에도 들어가 보았다. 타이틀과 스킨을 엿보기도 하고, 카테고리 제목들도 주의 깊게 보았다. 그러다가 해야 할 일은 미뤄둔 채 블로그 운영에 시간을 낭비하고 있는 나를 발견했다.

'내가 처음에 왜 블로그를 시작했지?'를 떠올려보았다. 나는 그저 다른 사람들에게 좋은 울림이 되고 싶었는데, 어느새 내용보다는 '나'를 포장하는 데 더 많은 시간을 보내고 있었다. 자랑질이라는 덫에 이미 걸려들었던 것이다.

SNS는 그 자체만으로도 전시용의 성격을 지니고 있다. 많은 이들이 블로그와 SNS를 일기장처럼 사용하지만 그것은 혼자만 보는 게 아닌 만민에게 드러내는 공개 일기장임을 분명히 의식하고 있다. SNS는 구조 자체가 타인의 시선을 무의식적으로 의식하게끔 만들어진 공간이다.

우리 수녀들이 아이들과 찬반 토론 수업을 할 때 영상 카메라를 들이대면 아이들은 순간 달라진다. 카메라가 없을 때는 투박해도 솔직하고 자연스럽게 있는 그대로 표현하는데, 일단 카메라를 들이대면 적어놓은 노트를 자꾸 들여다본다. 말을 더듬거리기도 하고 얼굴이 붉어지기도 한다. 평소에 자기표현을 전혀 하지 않던 아이가 무대 위 아나운서처럼 돌변하는 경우도 있다. 아이들은 자기표현과 자기연출 사이를 오가고 있는 것이다.

자기표현이 있는 그대로의 자기 모습을 용기 내어 정직하게 드러내는 것이라면, 자기연출은 타인의 시선을 의식하는 것이다. 그렇기에 자기연출은 작위적이기 쉽다.

나 역시도 블로그를 하면서 누군가 나를 보고 있다는 의식을 한시도 놓칠 수가 없었다. 내가 모르고, 나를 모르는 익명의 대중에게 노출되고 있다는 것을 의식하자 나도 모르게 나 자신을 연출하고 있었다. 더 지적이고, 더 초연하고, 더 거룩한 사람으로.

독일 출신의 영성가 에크하르트 톨레Eckhart Tolle는 에고는 소유가 곧 자신이며, 남들의 판단 기준이 곧 자신의 거울이라고 한다. 그래서 에고는 눈에 보이는 것으로 타인의 인정을 받으려 애쓴다. 타인의 시선을 무의식적으로 의식하게끔 구조화된 SNS는 우리의 에고를 자극하고 부추긴다. SNS에 올리는 이미지에 그토록 신경을 쓰는 것도 에고의 심리적 욕구 때문이다.

분위기 있는 카페에서 차를 마시는 사진을 올리며 '너 참 근사하다', 구매한 물건을 올리며 '넌 참 감각이 뛰어나', 읽은 책을 올리며 '넌 참 지적이야', 애인과 데이트하는 모습을 올리며 '너는 정말 행복해'라고 에고는 우리에게 속삭인다. 그 속삭임은 은밀하지만 강력하다.

블로그에 에고가 아우성치는 것을 본 이후로 내 블로그는 개점휴업 상태다. 그런데 내가 어떻게 보일지 타인의 시선을 의식하면서 겉으로 드러나는 것으로 나를 포장하고 숨기고 싶은 에고의 욕구는 비단 SNS 공간에서뿐만은 아니다.

전에는 강의를 하거나 학술대회에 가서 사람들이 식사 초대를 하면 거절하고 돌아왔다. 나는 낯을 가리는 편이라 낯선 사람들과 만나는 게 불편하다는 것이 표면적인 이유였지만, 솔직히 고백하자면 강의에서 말한 것만큼 멋지지 않은 내가 들통날까 봐 나 자신을 사적으로 보여주고 싶지 않은 두려움 때문이었다.

강의 때는 그냥 내 생각만 말하면 된다. 그 생각과 말처럼 실제로 내가 그렇게 살고 있느냐는 별개의 문제다. 그런데 개인적으로 만나 식사를 하면 내 이야기를 해야 한다. 그러다가 나라는 사람이 탄로 나면 어쩌나…… 부끄럽지만 그런 생각이 있었다.

하지만 언제부턴가 그런 생각을 바꿨다. 강의 내용만큼 멋지지도 잘나지도 않은 나를 인정하기로 했다. 그냥 나로서 주어진 대로 사람들을 만나야겠다고 생각했다. 내가 가난한 나라에 가서 선교할 것도 아니고 엄청나고, 대단한 일을 할 것도 아니라면, 그저 주어진 상황에서 사람들에게 있는 그대로의 나를 편하게 보여주며 진실되게 관계 맺으며 사는 것이 나의 역할이라는 생각이 들었다.

어느 날은 서울에서 저녁 6시에 강의를 마치고 부산으로 돌아와야 하는 일정이 잡혀 있었다. 그런데 그쪽에서 식사를 하고 가라고 권했다. 순간 망설였다. 돌아오는 시간을 계산하니 조금 무리였다. 하지만 곧 생각을 바꿨다.

'한 시간 빨리 와서 편하게 쉬는 것도 좋지만 새로운 사람들을 만나서 식사하는 것처럼 의미 있는 일이 어디 있을까.'

이렇게 생각하니 마음이 편해졌다. 그래서 이렇게 답글을 보냈다.

'밥을 주시겠다니 감사히 먹고 오겠습니다^^'

밥 얻어먹는 내가 고마워해야 하는데 밥 사주는 쪽에서 오히려 엄청 고마워했다.

또 한 번은 온종일 강의가 있던 날이었다. 점심시간이 다 되었는데 나를 안내해주던 담당자분이 나타나질 않았다. 이전 같으면 가만히 앉아서 기다렸을 거다. 그런데 그날은 그냥 사람들 틈에 껴 들어가서 음식을 받아와 아무 곳에나 앉아 밥을 먹었다. 뒤늦게 나타난 담당자분이 어쩔 줄 몰라 하면서 하는 말이 "강사님 식사는 저쪽에서 해야 하는데……." 아마 더 좋은 자리를 준비해 두었었나 보다. 그런데 이제 와서 굳이 번거롭게 하고 싶지 않아 그냥 여기 사람들과 먹겠다고 했다. 그러자 돌아오는 말이 "아이고, 강사님 성격도 털털하셔서 좋구먼요."

사실, 성격이 털털하다는 말은 내게 정말로 생소한 말이다. 나는 털털하지 않다. 낯선 사람, 낯선 음식, 낯선 장소를 별로 좋아하지 않는다. 어디 가서 하룻밤 묵는 것도 꺼리곤 했다. 나를 드러내는 게 편치 않을 때가 종종 있다.

그런데 몇 번 체험해보니 털털하게 사는 것도 괜찮은 것 같다. 죽기 전에 후회하지 않기 위해 주어진 만남의 기회를 고맙게 받으면서 별 대단치 않은 나로서 계속 '털털하게' 살고자 한다. 이 털털함이 나와 이웃 사이의 경계를 무너뜨리고 잘 보이고 싶고 인정받고 싶은 에고의 욕구에서 나를 조금은 더 자유롭게 해줄 것 같다.

에고와 사이좋게 지내기

수시로 요동치는 에고를 불러 타협을 해야겠다. 단죄하거나 억압하거나 미워하지 말자. 내 무의식 안에서 나의 결핍을 안타깝게 바라보는 친구니까. 다만, 너무 '나'에 집착하고 과장되게 드러내려는 것이 탈이다. 에고와 건강한 거리를 둘 수 있도록 조금씩 타협해보자. 그러기 위해서는 에고의 목소리에 귀 기울여야 한다. 에고를 바라볼 수만 있어도 이미 나는 거센 감정의 파도에서 벗어난 거다.

1 단순노동 하면서 기다리기

누군가의 완고하고 거만한 태도에 기분이 몹시 나빴다. 그럴 때 에고는 영락없이 말한다.

"널 무시하는 거야! 강하게 경고해야 해! 빨리 가서 따져!"

에고의 목소리가 너무 커서 나도 모르게 그에게 들이댈 뻔했다. 하지만 그러면 분명 후회할 말을 하게 된다.

에고는 감정의 변화에 예민해서 부지불식간에 남 탓을 한다. 시시콜콜 껴들어서 남을 비판하고 비난하면서 나를 우월하게 만들려고 애쓴다. 그럴 때, 에고의 목소리를 무시하지 말고 잠시 기다려줄 필요가 있다.

물론 기다려주기가 쉽지는 않다. 감정이 요동치며 끓어오르고, 일도 제대로 안 된다. 감정이 들끓어 괴로운 상태를 벗어나고만 싶다. 특히 이럴 때일수록 스마트폰으로 손이 가고 나도 모르게 인터넷을 하고 싶은 유혹에 빠진다.

그럴 때 스마트폰이나 인터넷에 빠지면 에고와 타협할 타이밍을 놓치게 된다. 스마트폰을 선택하면 그 순간 잠시 잠깐의 재미로 힘든 상태를 모면할 수는 있다. 그러나 보살펴지지 않은 감정들은 차곡차곡 무의식 속에 들어앉아 시시때때로 내 마음을 괴롭힐 것이다.

에고가 요동쳐서 괴롭고 답답할 때, 그래서 스마트폰이나 하고 싶을 때, 그럴 땐 단순노동이 최고다. 책상 위를 정리하거나 먼지 쌓인 구석을 닦거나 산책을 하는 거다. 그러면서 내면에서 올라오는 불평을 들어준다. 단순하게 몸을 움직이면서 흥분한 에고가 진정될 때까지 기다려주는 것이다.

에고가 어느 정도 잠잠해진 것 같으면 그때 타협에 들어간다. '오늘 저녁에 그 사람을 만나서 이야기할게. 하지만 내가 말하는 동안 너는 조용히 기다려줬으면 좋겠어.'

이렇게 에고와 대화하고 난 후 나를 불편하게 한 그 사람과 대화를 하면 나의 태도와 목소리 톤이 한결 부드러워지고 상대를 향한 비난보다는 나의 불편함을 솔직하게 말할 수 있게 된다. 그러면 상대도 덜 방어적이 되고 자신이 그렇게 했던 이유와 상황을 설명한다. 대부분의 경우, 서로의 입장 차가 있었던 것이지 어느 한쪽이 일방적으로 잘못한 것이 아니라는 걸 알게 된다.

내가 에고로부터 건강한 거리를 유지하면 나의 옳음과 상대의 그름이 보이는 게 아니라 나와 상대의 서로 다름이 보인다.

❷ 타인의 거울에 나를 비춰보기

누군가가 싫어질 때, 누군가의 태도나 말에 짜증이 나거나 화가 날 때, 그럴 땐 잠시 멈추고 "혹시 나는 어떻지?"라고 나 자신에게 묻는 연습을 한다. 그냥 그렇게 묻기만 해도 뜨겁게 올라오는 부정적인 감정을 식힐 수 있다.

누군가가 주는 것 없이 싫을 땐 억지로 가까이 가지 않고 그렇다고 피하지도 않고 멈춰 서 약간의 거리를 두면 좋다. 그래야 더 잘 보이기 때문이다. 그리고 스스로에게 물어본다. "혹시 나는 어떻지?"

평소에 잘 지내왔던 관계인데 지나치게 간섭한다는 생각이 들면서 순간 화가 났다. 그가 던지는 농담에도 뼈가 있어 보이면서 더 기분이 나빴다. 그때 나에게 물었다.

"혹시 나는 어떻지? 그가 나의 거울?"

처음에는 그 사람의 그런 모습이 나의 모습이기도 하다는 사실을 인정하고 싶지 않았다. 하지만 많은 경우, 사람이나 상황이 불편한 것 같지만 사실은 내가 그것을 불편하게 바라보기 때문에 문제가 된다. 그러니까 결국엔 내 마음이 문제다. 내 진짜 마음을 찬찬히 들여다보면 대체로 내가 저항하고 밀어내는 그 사람의 그것이 내 안에도 있다는 걸 알게 된다.

3 몸을 움직여 나로부터 탈출하기

에고는 오로지 '나'만 챙기라고 한다. 먹을 것, 입을 것, 놀 것

모두 나를 위한 것만 찾는다. 그것도 '지금 당장' 하란다. 그런데 에고의 말에 따라서 하는 행동들은 금방 싫증이 나고, 그것들을 하며 시간을 보내고 있는 나 자신이 점점 싫어진다.

내가 세상을 살아오면서 알게 된 것은 행복은 내 안에 있는 것이 아니라 세상과 사람과 사건과의 연결고리에 있다는 것이다. 다른 사람을 위해 기도하고 배려할 때 찾아오는 기쁨은 내 것을 챙길 때보다 훨씬 더 크고 즐겁다. 그러니까 나로부터의 탈출은 진짜 나에게로 가는 길이다.

오늘도 일에 집중이 안 되고 지루해지는 순간, 영락없이 에고는 신문가게나 들어가서 재밌게 시간을 보내자고 한다. 그런데 나는 안다. 신문가게에서의 재미는 잠깐이고 후회와 씁쓸함은 오래 간다는 것을.

이럴 때는 밖으로 나가 몸을 움직일 수 있는 일을 찾는 게 좋다. 정원에 나가 풀을 뽑거나 화분에 물을 준다. 북카페에 가서 아이들과 이야기를 나누거나 함께 논다. 몸을 움직여 누군가에게 다가가면 마음이 따뜻해지면서 기분이 좋아진다. 신문가게에서 노는 것과는 비교할 수 없을 만큼의 훈훈함이다.

4 긍정적으로 말해주기

각자 자신에 대해 어느 정도 긍정적인 착각을 하며 사는 것이 결코 나쁘기만 한 것은 아니다. 우리는 다른 누구에게서보다 자기 자신에게서 인정을 받아야 힘이 난다.

어쩌다 거울을 보면 나이 들어가는 내 얼굴이 좋을 리가 없다. 그러나 그때 표정을 바꿔 이렇게 말해준다. "흠, 좋아! 지혜롭게 보이는걸!"

원고를 쓰다가 풀리지 않으면 "잘하고 있어! 더 좋은 아이디어가 막 나오려나보군."

허리에 통증이 오면 "와, 내가 살아 있네! 활동에는 아무 지장 없어. 걱정하지 마."

강의하고 돌아오면서 "잘했어! 다음에는 더 잘할 거야!"

이렇게 스스로 칭찬해준다고 해서 교만해지지는 않는다. 오히려 자존감이 자라면서 마음이 넉넉해져 가는 느낌이 든다. 그러니 나 자신에게 마음을 담아 자주 말해주자.

"괜찮아!" "좋아!" "잘했어!" "사랑해!"

나를 사랑스럽게 바라보기

담배를 끊은 지 20년 되었다는 사람이 하는 말이 "담배는 끊는 게 아니라 참는 것"이란다. 담배를 피우고 싶을 때마다 참는 거라면 스마트폰도 하고 싶지만 참아야 하는 것일까?

여기저기 강연을 다니면서 디지털 문화와 영성의 상관관계에 대해 얘기하는 수녀인 나는 스마트폰을 하지 말아야 한다고, 참아야 한다고 금욕주의를 설파해야 하는 것일까?

앞에서도 고백했듯이, 한동안 나는 하루 일과를 뉴스를 읽으면서 시작했다. 그러다 보니 막상 일을 시작하려 하면 주의력이 분산돼 집중력이 저하된 느낌이 들었다. 자연스레 일의 능률도 떨어졌다.

무엇보다 기도할 때가 가장 문제였다. 뉴스를 보면서 머릿속에 들어온 온갖 생각들이 실타래처럼 엉켜서 마음이 어수선하고 산만해 기도에 몰입할 수가 없었다. 매일 아침 기도로 시작하고 매일 밤 기도로 마무리하며 마음을 하나로 모으고 집중해야 하는 일상이 위협받고 있다는 위기감에 봉착했다. 수도자에게 집중력의 문제는 곧 정체성과도 연결된다는 생각에 절박함마저 들었다. '디지털 기기 사용이 수도 생활에 미치는 영향'에 대해 강의하는 사람으로서 자책감도 느껴졌다.

그래서 강한 의지를 발동시켜 단속에 들어갔다. 그런데 요즘같이 매일 새로운 뉴스가 터지는 시기에는 유혹이 많다. '오늘은 또 무슨 일이 터졌을까?' '어제 집회에는 몇 명이나 모였을까?' '오늘은 청문회에서 어떤 의혹이 쏟아져 나왔을까?'

그래도 내 안에 일어나는 욕구를 무시한 채 전투적으로 일을 했다. 그런데 그렇게 하다 보니 마음속에서 저항이 일면서 기분도 나빠지고 우울하기까지 했다. 아무리 좋은 일이어도, 아무리 해야 하는 일이어도, 억지로 하는 것은 뇌에 피로를 가져온다. 이런 식은 아니라는 생각이 들었다. 이게 디지털 기기로 인한 뇌 소모와 다를 게 뭐가 있겠는가.

스마트폰을 하고 싶은 마음을 참는 것만이 능사가 아니다. 참는 것은 뇌에도 마음에도 좋지 않다. 억압하는 만큼 반동도 커진다. 그렇다고 계속 스마트폰과 컴퓨터에 끌려다니는 삶을 살 수는 없다. 그럼 어떻게 해야 할까?

그럼 조금 생각을 바꿔보자. 해야 할 일이 있다면 '해야 한다'가 아니라 '하고 싶다'고 생각해보는 거다. 나의 경우 '오늘까지 강의 준비를 해야 해!'라는 생각보다는 '강의 준비가 오늘 끝나면 내일은 여유가 생길 거야. 그러면 한결 유쾌하고 고요한 마음으로 강연할 수 있겠지' 하면서 하고 싶어 하는 마음에 초점을 맞춘다.

그러다가 나도 모르게 스마트폰을 만지면 '놀고 싶구나. 그래, 억지로 참지 말고 잠깐 놀자' 하며 내 욕구를 사랑스럽게 바라봐준다. 그러면 또다시 놀고 있는 나 자신을 바라보는 의식이 생긴다.

'불안한 마음으로 놀지 말고 편하게 잠깐 놀자. 억지로 일하는 것보다 이렇게 편하게 잠깐 놀고 다시 즐겁게 일하자.'

'내가 지금 1시간 이상 놀고 있네. 이 정도면 놀고 싶은 욕구가 좀 채워지지 않았니?'

'여기서 더 놀면 일을 미루게 돼서 내가 더 불안해지고 힘들 것 같은데?'
'맞아, 나 오늘 이 일을 끝내면 내일은 한결 가뿐할 거야.'

어떻게 해야겠다는 방향이 보이지 않아도 '나'로 모아지는 의식 안에서 놀게 되면 흥분된 감정에서 고요하고 행복한 감정으로 옮겨갈 수 있다. 그러면 언제든지 다시 의미 있는 욕구 쪽으로 마음과 생각, 그리고 행동을 기울일 수 있다.

지금 당신 안에 스마트폰을 하고 싶은 모습이 있다면 그런 자신을 고요하고 사랑스럽게 바라보자. 놀고 싶은 욕구를 인정하는 동시에 고요한 의식의 빛으로 놀고 있는 나를 감싸주면 깨어 있을 수 있다.

그리고 깨어 있는 순간, 고요함은 찾아온다.

욕구와 절제 마주하기

아주 작은 것이라도 나 스스로 무언가를 절제할 때 맛보는 성취감과 자신감은 참 좋다. 하나의 절제가 또 다른 절제를 초대하고, 그 절제가 '더'보다 '덜'을 선택하게 한다.

1 의식의 빛 안에서 스마트폰 하기

주로 홀로 있을 때 아무 생각 없이 스마트폰을 만지작거리게 된다. 이럴 때 가능한 나 자신을 자책하지도 조바심을 내지도 않으려 한다. 전에는 수시로 시계를 보면서 안달하고 억지로 전원을 끄기도 했었다. 하지만 지금은 놀고 있는 나를 가만히 지켜본다.

어떻게? 스마트폰을 만지는 나를 바라보기만 하면 된다. 그리고 움직이는 나의 손가락, 의자에 기댄 내 허리, 나의 호흡, 내 심장박동 소리에 주의를 기울인다.

스마트폰에 빠졌다는 것은 '지금 여기'를 벗어난 무의식 상태라는 것이다. 그 순간 나는 부재중이다. 그러한 나를 바라봐

준다. 안타깝게도 이때마저도 나를 바라보는 게 지속이 잘 안 된다. 나를 바라보다 어느새 또 스마트폰에 빠진다. 그러면 다시 스마트폰에 빠진 나를 의식한다.

내가 나임을 의식하고, 내가 하는 행위를 바라보고, 그렇게 나 자신과 함께 있어 주면 현실을 벗어나는 시간이 줄어든다. 자연스럽게 '더'보다 '덜'을 선택하게 된다. '더 빠르게', '더 재미있게', '더 자극적이게'에서 '덜 빠르게 천천히', '덜 재미있게 잔잔하게', '덜 자극적이게 은근하게'의 맛을 느끼게 되는 것이다. 그 '덜'의 맛은 상상하는 것보다 더 맛있고 고요하고 평화롭다.

2 마음의 고요함을 유지하면서 텔레비전 보기

특별히 볼 것도 없는데 이리저리 채널을 돌릴 때가 있다. 이렇게 무의식 상태로 장시간 텔레비전에 노출되면 피곤이 점점 가중된다. 이것은 제대로 된 쉼도 아니고 즐거운 놀이도 아니다. 에고는 디지털 기기를 사용할 때 더 신나서 야단이다. 텔레비전 속 이야기를 자기 이야기로 동일시하려 한다. 그러면서 깊은 내면의 진짜 나를 외면하고 무시하려 든다. 하지만 에고는 적이 아니라 돌봐야 할 친구다.

텔레비전을 보면서 나의 에고를 돌보는 연습을 해보자. 먼저 보고 싶은 프로그램 하나를 선택한다. 볼륨은 과하게 높이지 않는 게 좋다. 그리고 텔레비전에 집중하던 마음을 내면의 나로 옮겨 나를 바라보자. 에고는 깊은 내면의 나를 불러들이는 것을 싫어한다. 그래서 조금은 속이 시끄러울 수도 있고 집중이 안 될 수도 있다. 이때 잠시 깊은 호흡을 하는 것도 좋다. 잠시 화면에서 눈을 돌려 다른 곳을 바라보는 것 또한 좋은 방법이다.

텔레비전을 끄고 난 후엔 바로 잠들지 말자. 다음 날 아침까지도 잔상이 지속될 수 있다. 잠시 눈을 감고 기도하거나 명상하는 것도 좋고, 잠시 좋은 생각과 마음의 평화를 주는 잔잔한 에세이나 영적인 책을 읽어도 좋다. 그러면 뇌와 마음을 정리하는 데도 도움이 되고 숙면에도 도움이 된다.

7
마음의 온도를 내리는 시간

행복은 밤에 온다

폴더폰을 쓸 땐 휴대폰을 기상 알람으로 사용하기 위해 밤에도 곁에 놓아두었다. 그러다 보니 밤에 문자나 전화가 오면 어쩔 수 없이 받게 되었다.

막상 전화를 받거나 문자를 확인해보면 꼭 그 밤에 하지 않아도 되는, 다음 날 아침에 해도 되는 내용이 대부분이었다. 그래도 막상 연락이 오면 받아야 한다는 강박 내지는 호기심에 전화를 받고 문자를 보게 되었다. 하지만 그러고 나면 늘 후회가 됐다. 차분한 마음으로 쉬러 들어갔는데 가라앉은 마음이 다시 출렁이는 것 같아 그리 기분이 좋지 않았다.

그러던 차에 스마트폰으로 폰을 바꿨다. 방에 가지고 들어가지 말아야겠다고 생각은 했지만 아직 행동으로 옮기지 못한 어정쩡한 상태였다. 그런데 스마트폰은 폴더폰과 또 달랐다. 폴더폰은 외부에서 두드리는 노크로 어쩔 수 없이 문을 열어주었다면, 스마트폰은 나의 내부에서 요란하게 두들겨대는 소리로 나 스스로 문을 열었다. 그리고 그 소리는 생각보다 컸다.

잠을 자려고 누웠는데 문득 떠오르는 생각들. '내일 강의하러 갈 때 수원역에서 몇 번 버스를 타야 할까?' '아까 동생이 카톡 보낸다고 했는데 왔을까?' '내일 일찍 일어나서 운동하러 나갈 건데 비가 온다고 했던가?'

이렇게 찰나의 의문이 떠오르는 순간, 즉시 답을 해줄 스마트폰이 떡하니 머리맡에 누워 있었다. 마치 "내가 있지롱~!" 하듯이 말이다. 그리고 아차 하는 순간 내 손은 이미 스마트폰에 가 있었다.

궁금한 것만 확인해보려고 했는데, 때로는 누군가에게 온 카톡 표시에 또 손끝이 근질근질하다. 하나의 생각이 또 다른 호기심을 낳고, 그 호기심은 또 다른 터치로 이어진다. 잠깐 방심해 스마트폰을 터치하는 순간 온 세상이 다 나에게로 덮쳐 오는 듯했다.

밤 시간은 나에게 가장 소중한 시간이다. 하루 동안 얽히고 설키면서 관계의 사슬에 묶여 있던 사람, 사건, 상황, 사물들로부터 거리를 두고 나만의 자유를 누리는 시간이다. 고요하게 하루를 잘 마무리해야 다가올 새날을 새 마음으로 맞이할 수 있기에 밤 시간을 어떻게 보내느냐가 나에게는 참 중요하다.

예로부터 수도승들은 밤 기도를 한 후에는 잡념이나 분심을 주는 그 어떤 일도 하지 않고 완전한 침묵으로 밤 시간을 보냈다. 나 역시 수도자로서 침묵 속에서 밤 시간이라는 의식을 보낸다.

우리 수녀들은 각자 방으로 돌아가기 전, 성당에서 하루를 돌아보며 나의 의식이 안녕했는지 성찰한다. 먼저, 하루 중에 감사했던 일을 떠올린다. 물론 때로는 기분 안 좋은 일이 먼저 생각날 때도 있다. 그래도 감사한 일을 먼저 생각하면서 마음을 따듯하게 하려 한다.

이렇게 마음의 여백을 만든 다음, 그날 있었던 일을 천천히 생각한다. 일이 잘 풀리지 않아 짜증 내거나 화를 냈다면 그날 하루는 짐 하나를 얹고 지낸 듯이 마음과 몸이 무겁다. 스멀스멀 상대에 대한 비난이 올라오면서 화가 나기도 한다. 쪼잔하게 화를 낸 나 자신이 맘에 안 들어서 또 화가 난다.

잠시 이렇게 짜증 내고 화내는 나를 침묵하며 기다려준다. 침묵하면서 화내고 원망하는 내 안의 목소리를 그저 들어준다. 그러고 나서 묻는다. '나는 왜 화를 냈을까?'

의식 성찰을 하면서 매번 느끼는 것이지만, 그날 하루 기분이 안 좋거나 화를 내는 경우는 대부분 성과에 집착하거나 인정받고 싶은 욕구 때문이다. 내가 이 정도 했으면 너도 이렇게는 해줘야 한다는 인정욕구, 그 일은 이렇게 되어야 하고 그러려면 그 사람은 이 정도는 해야 한다는 내 기준과 잣대.

'그런데 정말 그 사람이 꼭 내 생각대로 그렇게 해야만 하니?'

'정말 그 일은 내 생각대로 그렇게 진행되어야 하니?'

그렇게 나 자신과 밀고 당기면서 대화하고 협상하고 달랜다.

그러고 나서 나의 소망을 담아 하루를 마무리한다. 오늘 만났던 사람들, 특히 나와 충돌했던 사람에게 축복의 기도를 보낸다.

"주님, 화를 낸 저 자신을 용서합니다. 당신도 용서해주시면 좋겠습니다. 그리고 나의 분노로 상처받았을 그 사람을 위로해주십시오. 주님, 그 사람을 축복해주십시오."

화가 많이 나서 축복을 보내고 싶지 않은 경우도 가끔 있다. 그럴 때도 솔직하게 기도한다.

"주님, 도저히 축복의 기도를 할 수가 없네요. 이런 나를 받아주세요."

그리고 마지막으로 죽은 이를 위해서, 특히 부모님을 기억하며 기도를 바친다. 그리고 나의 죽음을 생각한다. 언제 멈출지 모르는 나의 숨, 숨이 멎으면 내 눈도 코도 입도 손도 발도 다 멈출 것이다. 그렇게 지키려 했던 내 자존심도 욕심도 양심도 사랑도 다 멈출 것이다. 움직일 수 있는 동안, 사랑할 수 있는 동안, 더 감사하며 자존심을 내려놓고 더 사랑할 수 있기를 간절히 청한다.

이렇게 침묵하며 밤 시간의 의식을 마치고 나면 머리와 마음의 긴장 상태가 풀어지면서 한결 가벼워진다. 그렇게 고요한 상태로 방으로 돌아와 하루의 요란한 생각들이 침묵 속에 밀알처럼 죽는 것을 상상하며 잠자리에 든다. 다음날 새로운 생각과 마음으로 부활할 수 있기를 기도하면서.

밤에 자는 잠은 몸은 죽고 마음과 영혼은 새롭게 태어나게 해준다. 잠을 자는 동안 뇌는 오늘 있었던 많은 일들과 복잡한 감정을 정리해준다. 필요 없는 것들은 과감하게 버리고, 중요한 정보는 기억 저장고에 넣어준다. 그러는 동안 숙면을 하고 행복 호르몬(세로토닌)이 분비된다.

최근 읽은 논문에서처럼 "잠은 고장 난 세포도 고쳐준다"라고 하니 얼마나 고마운 시간인가! 그래서 어떤 생각으로 잠드는지가 정말 중요하다. 밤에 안고 가는 그 생각이 기억에 남고, 다음 날 아침의 생각으로까지 이어지기 때문이다.

이제 나는 저녁 시간에 사무실에서 일단 나오면 스마트폰을 사용하지 않는다. 자칫 잘못 들인 스마트폰 습관으로 잘 비축해둔 행복호르몬 분비량이 한순간 사라질 수도 있기 때문이다.

소중한 밤의 침묵을 스마트폰이 깨지 못하도록. 반가운 사람의 카톡이나 재미있는 포스팅의 흥분된 즐거움보다 이 밤의 고요한 침묵과 평화가 나는 더 행복하다.

아침 생각이
오늘의 양식이다

언니 집에 가면 아침에 눈 뜨자마자 나에게 들이미는 것이 있다. 채소나 과일을 갈아서 만든 주스다. 일어나자마자 뭘 먹느냐고 고개를 흔들면 "아침 공복에 먹어야 한다"는 것이 언니의 주장이다. 아침 공복에 밤새 위를 비워 놓은 상태에서 좋은 것을 먹어주면 좋단다.

어디 음식만 그럴까. 아침의 뇌도 잠자는 동안 정신없던 생각들이 정리되고 깨끗하게 비워진 상태다. 이렇게 깨끗한 아침의 뇌에서는 신경을 이완해주는 알파파와 쾌적 호르몬이 나온다. 아침은 하루 중 뇌세포가 가장 활성화되는 시간이라서 집중도 잘 된다. 이처럼 신선하고 활기찬 아침의 뇌에 어떤 생각을 집어넣으며 하루를 시작하고 있는지가 그래서 중요하다.

몇 년 전부터 나는 다른 수녀들보다 조금 일찍 일어나서 고요한 아침 산책을 하러 나가기 시작했다. 그런데 얼마 전까지 지냈던 부산의 기후가 워낙 변덕스러워서 환절기에는 이른 새벽 나가기 전, 재킷을 더 걸쳐야 할지 아니면 그냥 얇은 스웨터를 입어야 할지 망설여질 때가 있었다. 그러면 자연스럽게 밖의 날씨가 궁금해지면서 사무실에 들어가 스마트폰을 열어본다(유혹을 차단하기 위해 침실로 가져가지 않고 사무실에 놓고 나온다).

기상 예보만 보려고 열었는데 누군가에게 온 메시지 알림 표시가 뜰 때가 있다. 그러면 '뭐지?' 하는 호기심에 무심코 터치를 하게 된다. 그리고 그 순간, 고요한 호수에 커다란 돌덩이가 "텅!" 하고 떨어지듯 아침 시간의 마음의 고요가 확 깨진다. 세상의 번뇌가 내 머릿속으로 헤집고 들어오는 기분이라고나 할까. 그러곤 후회한다. 나중에 볼걸.

뇌는 음식만 필요한 게 아니다. 정신적 영양분, 바로 양질의 생각도 섭취해야 한다. 그래서 어떤 생각으로 아침을 보내느냐는 참 중요하다. 그런데 아침부터 스마트폰을 열면 뇌에 어떤 일이 벌어질까? 누군가에게 온 메시지 하나 읽는 것이 무슨 큰 악영향을 미칠까? 뉴스 하나 읽는 것이 무슨 큰 잘못일까?

그런데 메시지 하나는 그 하나로 끝나는 것이 아니다. 뇌는 그 소식과 관련된 또 다른 일들, 생각들, 거기에 얽힌 사람들을 자동적으로 기억해낸다. 설사 좋은 소식이라 하더라도 그와 관련된 수많은 생각들이 머릿속을 헤집고 들어온다. 그러면 아침부터 뇌는 산란해지고 주의력이 분산되면서 상당한 스트레스를 받게 된다. 아침의 뇌 입장에서 본다면, 눈 뜨자마자 보는 스마트폰은 깨끗한 뇌에 온갖 잡다한 낙서를 마구 해대는 것과 같은 것이다.

아침 첫 생각은 마음을 밝게 비춰주는 맑고 청아한 것이면 좋겠다. 수도자들은 매일 아침 묵상을 하면서 좋은 생각을 아침의 뇌에 공급한다. 우선 묵상할 때 자세가 중요하다. 허리를 똑바로 세우고 마음을 모으며 호흡을 가다듬는다. 그리고 모든 생각을 잠재우고 몸과 마음을 침묵 중에 들어가게 한다. 무엇보다 하느님이 바로 내 앞에 계신다는 것을 의식한다. 그리고 그날의 성경 말씀을 천천히 읽으면서 의미를 되새김한다.

읽는다기보다 듣는다는 느낌을 갖는 것이 더 좋다.

"내가 바라는 것은 희생 제물이 아니라 자비다."(마태 12:7)

오늘 내 마음에 들어온 말씀 구절이다. 그런데 오늘따라 자꾸 분심이 들고 잡념이 생겨 집중이 되지 않는다. 이럴 때는 단어 하나를 음미하면서 되뇐다. 들숨과 날숨에 실어 단어를 되새김한다. '자비'라는 단어가 내 마음을 건드린다. 숨을 들이마시면서 "자비"라고 되뇌고, 내쉬면서 다시 "자비"라고 말한다.

어느 정도 생각이 모아지면 자비롭고 싶은 나의 원의를 불러온다. 내 상황과 현실에서 자비롭기 위해 실천할 수 있는 단어를 떠올려본다. 나에게 부족한 '온유'가 생각났다. 마음을 가다듬고 숨을 들이마시면서 "온유하게", 내쉬면서 "살고 싶습니다." 이렇게 반복하다 보면 온유라는 단어가, 그 단어가 품은 에너지가 내 마음에 꽉 들어차는 느낌이 든다.

실제로 뇌과학자들이 말하기를 우리가 '사랑', '자비', '온유', '인내'라는 단어를 집중적으로 반복해서 되뇌다 보면 어느 순간 그 단어에 해당되는 신경회로가 뇌 속에서 새로 생긴다고 한다. 그래서 진짜로 누군가를 더 사랑하게 되고 더 온유하게 된다는 것이다.

반대로 '미움', '분노', '질투' 같은 단어에 머물러 반복적으로 되뇌면 그에 해당되는 신경회로가 생겨서 작은 일에도 쉽게 미움이 솟구치고 화를 내게 된다고 한다. 우리가 반복적으로 하는 생각이 실제 뇌의 형성에 영향을 미치고, 그렇게 형성된 뇌가 다시 우리의 마음과 생각에 영향을 준다니, 참으로 신기하고 놀랍다.

신기하게도 누군가가 미워지면 노력하지 않아도 '미움'이란 말에 집중하게 되고, 원치 않아도 그 말을 반복적으로 되뇌게 된다. 그런데 '사랑', '온유', '친절', '인내', '소망' 같은 단어는 노력하지 않으면 집중하기가 어렵다. 그러니 매일 아침, 긍정의 단어를 하나 골라서 집중하며 그 단어에 머물러보자. 그 긍정의 단어에 소망을 담아서 생각하고 기도해보자. 분명 하루의 시작이 행복해질 것이다.

내가 나에게 사랑받고 있음을 느끼게 해주는 의식, 걷기

나는 작년까지만 해도 부산에 살았다. 그리고 매일 아침 일찍 일어나 고요한 새벽의 거리를 걷곤 했다. 한 발 한 발, 어둠을 제치고 걸을 때면 마치 태초에 하느님께서 빛과 어둠을 가르듯 신비한 영이 느껴진다. 빛이 어둠을 밀어내고 나는 그 창조적인 하루의 시작 중심에서 걷곤 했다. 그럴 때면 하늘과 땅이 나와 함께 어우러져 만나고, 천상의 기운이 내 몸속으로 들어오는 것 같다. 나도 모르게 "아 좋다!"라는 탄성이 저절로 나오면서 행복 호르몬이 퐁퐁 샘솟는다.

나는 걷는 것이 너무 좋아서 거의 매일 걷는다. 할 일이 쌓여 있어도 걷는다. 추울 때나 더울 때나 그냥 걷는다. 그렇다고 내가 처음부터 걷는 것을 좋아한 것은 절대 아니다. 추울 때는 추워서 싫었고 더울 때는 더워서 싫었다. 새벽에는 더 자고 싶고 귀찮았다. 걷느니 차라리 혼자 기도를 하거나 책을 읽으면서 그냥 쉬고 싶기도 했다.

그 매력을 몰랐을 땐 걷는 것처럼 심심하고 재미없는 것도 없었다. 때로는 걸으면서 시간을 자주 확인했다. 걷기 싫어서였다. 할 일이 많을 때는 더 자주 시간을 체크하곤 했다.

그래도 걸었다. 그러자 차츰 걷는 느낌이 좋아졌다. 허리 통증 때문에 어쩔 수 없이 시작한 걷기였는데 걷다 보니 점차 걷기가 주는 놀라운 체험을 누리게 된 것이다. 추울 때는 추위를 이겨냈다는 성취감이 있어 좋고, 더울 때는 땀 흘리며 무언가를 해낸 듯 뿌듯함이 생겨서 좋다. 몸이 가뿐해지면서 덩달아 마음도 가볍다. 걸으면서 추위도 더위도 그대로 견뎌주는 내 몸이 고맙고 유쾌한 자신감도 자란다. 몸과 마음의 근육이 차오르면서 오늘 하루도 행복할 것 같은 기분이 솟아오른다.

원고를 쓰거나 강의 준비를 하다가 머리가 무겁고 하기 싫어질 때가 있다. 그럴 때도 걷는다. 꽉 찬 뇌를 비우는 데 걷기만큼 좋은 것이 없다. 그렇게 걷다 보면 무언가 정리되는 느낌이 든다.

그런데 요즘 스마트폰을 보면서 걷는 사람들이 너무 많다. 손에 만져지는 스마트폰의 촉감이 좋은 것도 이유일 게다. 우리는 손에 무언가를 쥐고 싶어 하는 욕구가 있다. 갓난아기가 왜 그토록 손을 꽉 쥐고 있을까? 그동안 편안하고 익숙했던 엄마의 자궁에서 낯선 세상에 나와 적응하려니 두렵고 불안하기 때문일 것이다. 아기는 3개월이 지나서야 긴장을 풀면서 움켜줬던 손을 펴기 시작하고, 비로소 다른 것을 잡는다. 우리 역시 불안하고 힘겨운 현실 때문에 어디를 가나 스마트폰을 손에 꼭 쥐고 놓지 않으려는 게 아닐까.

걸으면서 주변을 돌아보니 누군가는 이른 새벽에도 음악을 들으면서 걷고, 두세 명이 떠들며 걷기도 한다. 그러던 어느 날, 걷고 있는 수녀의 귀에서 흘러내려 온 이어폰 줄을 발견한 적이 있다. 그 수녀는 "걷는 동안 죽을 만큼 심심하다"고 말했다. 그렇지만 운동은 해야겠고 그래서 음악을 들으면서 걷는다는 것이다.

음악을 듣는 것이 나쁘다는 의미가 아니다. 다만 걷는 동안만큼은 온전히 내 몸에 집중해주면 더 좋다는 것이다. 음악에 의존하지 않고 몸과 마음이 온전히 교감하면서 나 자신과 진정으로 하나 되는 순간을 즐기는 거다. 걷기는 나의 불편한 감정을 그대로 느끼고 버티게 해준다. 슬픔, 불쾌, 짜증, 고통, 지루함, 심심함, 외로움…… 이 모든 불편한 감정들도 결국 나의 것이다. 그저 걸으면서 내 감정을 살짝 들여다보고 반응해주자. 그러기 위해서는 스마트폰 없이, 음악 없이, 그저 나 혼자 나 자신을 음미하며 걷는 게 좋다.

부산에 있을 땐 강의나 출장이 있으면 고속열차를 주로 이용했다. 그런데 이상했다. 이동시간이 더 빨라져 소요되는 시간은 줄어들었는데 몸의 피곤함은 더한 것 같았다. '내 몸이 움직이는 실제 속도와 간극이 크면 클수록 에너지가 더 소모되는 것인가?'라는 생각마저 들었다.

기술의 발달로 우리 몸의 실제 속도보다 일을 빠르게 처리하는 것에 익숙해지고 있다. 이동하는 것도, 청소하고 요리하고 빨래하는 일상의 속도도 그러하다. 글을 쓸 때도 연필로 쓰려면 잘 나오지 않던 생각이 컴퓨터 키보드에 손가락을 올려놓으면 나도 모르게 글자들로 풀어져 나온다. 게다가 이제는 스마트폰이 생겼다. 시간과 공간을 뛰어넘고 정보의 한계도 없어진 거다. 스마트폰으로 인해 우리가 사는 세상의 속도감은 빛의 속도만큼이나 빨라졌다.

이런 세상에서 걷기는 온전히 내 몸의 속도대로 시공간을 누리는 행위다. 두 발로 걷다 보면 하늘과 땅이 나를 품어주는 듯한 기분 좋은 느낌을 받는다. 무엇보다 그냥 나 자신을 내버려 둘 수 있어 좋다.

수녀도 할 일이 참 많다. 책임져야 할 사람들도 많다. 게다가 나는 책임감이 강하고 일을 과하게 하는 성향이 있다. 안 그래도 해야 할 일들이 쌓여서 골치가 아픈데, 여기에 스마트폰에서 쏟아지는 정보의 과부하로 나의 뇌는 깊은 피로감과 무기력증을 겪고 있다. 거기에 SNS는 온갖 미묘한 감정을 자극하니 마음마저 무겁다.

이럴 때, 나를 내버려 두는 걷기가 제격이다. 걷기는 기술문명에 얹혀살던 내 몸을 자연으로 돌려주고, 스마트폰과 컴퓨터 작업으로 혹사당한 나의 뇌와 정신을 회복시켜 준다. 그래서 걸을 때는 스마트폰과 거리를 두려 한다. 스마트폰을 만지는 순간 걸으면서 평온해진 뇌가 다시 경직 상태로 돌아가기 때문이다.

스마트폰을 내 곁에서 떨어뜨려 놓는 것만으로도 산책의 질이 확 달라진다. 스마트폰을 늘 곁에 끼고 지낼 때는 맛보기 힘들었던 느긋함이 생긴다. 걷는 시간을 일부러 따로 내기 어렵기 때문에 가까운 곳은 웬만하면 걸으려 한다. 때로는 가던 길을 바꾸어 돌아가기도 하고, 하늘도 보고 여기저기 둘러보기도 한다. 바쁜 일상 속에서 나 자신을 즐길 수 있는 행복한 틈새 시간이다.

음악도, 수다도, 스마트폰도 없이 홀로 걷다 보면 내 몸과 마음이 교감하면서 나 자신과 진정으로 하나 되는 순간을 즐기게 된다. 나 자신이 나에게 사랑받고 있음을 느끼게 해주는 행복한 시간이다. 그러니 걷는 동안만큼은 내 몸에 온전히 집중하자.

오늘은 바람이 유난히 많이 부는 것 같다. 그런데 나가고 싶다. 걷고 싶다. 뜨거운 햇볕과 차가운 바람이 내 몸을 감싼다. 아, 좋다!

고요한 쉼,
나 홀로 존재하기

할 일이 산더미인데 하기 싫을 때, 생각하기도 귀찮아서 그냥 멍때리고 싶을 때, 힘든 하루를 보내고 집으로 돌아와 움직이고 싶지 않을 때, 주로 어떤 디지털 공간에서 쉼을 얻고 있는지 생각해본다. 페이스북? 인스타그램? 카톡? 포털 사이트? 인터넷 쇼핑몰? 게임? 음악?

고백하자면, 내가 습관적으로 가는 곳은 '신문가게'다. 미디어 관련 강의를 하다 보니 언론사별 관점을 비교해보면 좋겠다 싶었다. 시작은 그랬다.

그런데 언제부터였을까? 한번은 당장 낼모레가 원고 마감

인데 오전 내내 신문가게에서 뉴스를 보며 시간을 보내고 있는 나를 발견했다. 그렇게 오전 시간을 다 날리고 급하게 원고 작업에 매달렸다. 너무 짧은 시간에 몰아치듯 일을 끝내고 나니 머리가 아프고 복통이 왔다. 이게 뭔가 싶었다. 그때 문득 의문이 생겼다. 나는 왜 이렇게 뉴스를 열심히 보는 걸까? 매일 쏟아져 나오는 뉴스를 이 신문 저 신문 검색하면서 읽어대는 이유는 무엇일까? 도대체 그 심리는 무엇일까?

인터넷 신문을 읽는 것은 나에게 노는 것이었다. 온갖 신문에서 다루는 뉴스를 관심과 애정으로 보는 게 아니라 스크린 속에 갇힌 영화나 예능처럼 무심하게 보고 있었다. 〈세상에 이런 일이〉와 같이 희귀한 것을 구경하는 구경꾼의 심리, 욕하면서도 꼬박꼬박 챙겨보는 막장 드라마의 시청자처럼 그렇게 즐기고 있는 내 모습을 깨달았다. 깨닫자 부끄러웠다. 이런 내가 싫었다. 그런데 정신없이 바쁜 몇 주를 보내고 꿀 같은 여유 시간을 생기자 나는 또 그동안 보지 못했던 뉴스를 챙겨보며 시간을 보내고 있었다.

아, 내가 '스크린 놀이'에 빠져 있구나!

나는 컴퓨터로 원고를 쓰거나 강의 준비를 한다. 그러니 일을 하다 힘들고 지루할 때 클릭 한 번이면 인터넷 신문가게로 한순간에 들어갈 수 있다. 잠시 쉬고 싶어서다. 그런데 인터넷 공간에 있다 보면 충전이 되는 게 아니라 일이 더 하기 싫어지고 눈도 아프고 두통이 온다.

스크린을 들여다볼 때 나는 쉰다고 생각하지만 정작 뇌는 쉬지 못하기 때문이다. 나는 아무 생각 없이 인터넷을 검색하고, 정보를 클릭하고, 채널을 돌리는 것 같지만, 실상 뇌 입장에서는 손가락으로 스치며 지나가는 모든 정보를 처리하고 있는 것이다.

'이건 뭐야, 유치하잖아', '광고 페이지니까 이건 패스', '와, 이런 정보는 기억해야 해' 등등 0.0001초간 스치는 정보라도 뇌는 전부 처리하고 있다. 스마트폰을 들여다보며 쉬는 게 아니라 정보의 쓰나미에 떠밀려 뇌는 과로를 견디고 있는 것이다. 그러니 피로감이 급증해 몸과 마음의 컨디션이 점점 더 나빠질 수밖에 없는 것이다.

뇌과학자들은 스마트폰을 쥐고 쉬는 것은 제대로 된 쉼이 아니라고 수차례 경고한다. 스마트폰이나 인터넷 접속 상태일 때 뇌에서 스트레스 호르몬이 분비되면서 자극을 받아 잠깐은 힘이 나는 것 같지만, 시간이 흐를수록 뇌의 신경망에 부정적인 영향을 미쳐 감정과 사고를 통제하는 뇌 기능이 현격히 떨어진다는 것이다.

영국 신경정신과 연구소의 연구 결과에 의하면, 이렇게 지속적으로 주의가 분산되는 것은 마리화나를 피우는 것보다 IQ에 더 나쁜 영향을 미친다고 하니, 정말 충격적이지 않을 수 없다. 그동안 수시로 일을 멈추고 신문가게에 들락거릴 때마다 나는 쉬지 못하고 뇌에 심각한 스트레스와 고통을 지속적으로 주고 있었던 것이다. 디지털시대를 살아가는 우리는 쉼과 놀이를 착각하고 있는 것 같다. 나부터도 쉬고 싶을 때 스크린 속 인터넷 세상으로 들어가니 말이다.

나는 최근 사무실로 나가기 전에 잠시 정원을 걷는다. 아무리 바빠도 잠시 멈춰 고요히 머물다 보면 마음의 여백이 커지면서 시간이 확장되는 기분이다. 이것이 바로 여유다. 여유는 시간이 있을 때 생기는 것이 아니라 멈춤으로써 만들어지는 것이다.

수녀원 정원을 아주 천천히 걸으면서 묵주기도를 하기도

하고 때로는 아무 생각 없이 나 자신을 음미하기도 한다. 나 자신과 온전히 마주하면서 그저 나 홀로 행복한 주인공이 되는 순간이다. 이때만큼은 무엇을 위한, 누구에게 보이기 위한, 누군가가 지켜보고 있는 무대 위 주인공이 아니다. 아무것도 노력하지 않아도, 아무것도 하지 않아도 그냥 내 존재 자체가 주인이 된다.

진짜 쉼은 충전이다. 잘 쉬고 나면 몸과 마음에 에너지가 차올라서 살아내고 사랑할 힘이 난다. 이러한 쉼은 몸과 마음이 위로받고 치유되는 시간이기도 하다.

조용한 성당에 앉아 있는 것도 나에게는 최고의 쉼이 된다. 하느님 앞에 나 홀로 존재하는 특별한 시간이다. 무엇보다 아무도 나에게 말을 걸지 않아서 참 좋다. 게다가 성당은 대 침묵의 공간이니 참 고요하다. 굳이 기도하려고 용을 쓰지 않아도 된다. 그저 편하게 앉아 있다 보면 고요한 울림이 저절로 찾아온다. 재수가 좋은 날은 온몸에 전율을 느낄 정도로 하느님의 현존을 체험할 때도 있다. 때로는 눈물이 날 정도로 행복한 순간도 있다.

진짜 쉼은 그저 '나'만으로도 충분한 시간이다. 그리고 그 충분함을 누리는 순간이다. 아무것도 없이, 누구도 없이, 아무것도 하지 않고 나만의 공간과 시간에서 고요한 쉼은 시작된다.

오늘도 나는 일과를 시작하기 전, 세상에서 가장 할 일이 없는 사람처럼 그렇게 천천히 정원 주변을 걸으며 나를 마주한다. 평화롭다.

오늘 하루도 기쁘고 활기차게 보낼 수 있을 것 같다.

느린 만큼 절실한,
손으로 글쓰기

나는 지금 이 순간 원고를 쓰면서 연필로 쓰는 것보다 훨씬 빠른 속도로 손가락을 움직이며 키보드 위를 오가고 있다. 이것저것 글 쓸 일이 많아지면서 언제부턴가 무조건 키보드 위에 손을 얹어야 생각이 나기 시작했다.

언젠가 한 모임에서 '옛 성인이 나에게 편지를 보낸다면'이라는 주제로 편지를 써보자고 했다. 그런데 늘 컴퓨터로만 글을 써서인지 아니면 그날따라 피곤해서인지 글이 잘 써지질 않았다. 아무 생각도 나질 않고 글이 집중할 수도 없었다.

나중에 혼자서 다시 해봐야겠다고 마음먹었다가 어느 피정하는 날 다시 연필을 들었다. 나 홀로 예수님 앞에 앉았다. 무엇을 쓸까 고민하다 보니 예수님이 나에게 하고 싶으신 말씀이 많으실 것 같았다. '예수님이 나에게 편지를 보낸다면 뭐라고 하실까?'

예수님이 나를 바라보는 따뜻한 시선을 느끼며 하얀 백지를 앞에 놓고 허리를 편 후 눈을 감았다. 그리고 심호흡을 하면서 천천히 연필을 들었다. "사랑하는 나의 용은 수녀에게"라는 소리가 들려왔다.

아, '나의 용은 수녀'라는 말만 떠올려도 무척 따뜻하고 정겨웠다.

시작은 참 좋았다.

글을 쓰면서 마음이 뜨거워지는 것도 느꼈다. 그러면서 점점 더 많은 생각이 떠올랐다. 마음이 바쁘게 움직이기 시작했다. 어느새 연필을 든 손이 생각의 속도를 쫓아가지 못하고 글씨가 괴발개발 휘갈겨지면서 팔은 점점 힘이 빠졌다.

늘 몸의 속도보다 빠르게 일을 해온 결과가 글쓰기에서도 여실히 드러나는 것 같았다. 몸과 생각이 서로 정겹게 바라보며 살아야 했는데, 몸은 움직이지 않고 생각만 너무 많이 해왔던 탓이다. 천천히 생각하고 몸으로 느끼면서 써 내려가야 하는데, 몸은 더디고 생각만 빠르게 움직인다. 기술에 의존해 살면서 몸을 소홀히 대해서일까? 이제는 몸의 속도를 느끼며 연필로 글을 써 내려가기가 어렵다.

요즘에는 유학을 가거나 선교지로 떠나는 수녀들은 주로 페이스북에 글을 올리는 것 같다. 덕분에 국내에 있는 수녀들보다 더 많은 소식을 접하기도 한다. 멀리 타국에서 살아가는 그들의 모습이 담긴 사진과 글로 수시로 소통할 수 있다는 것은 고맙고 반가운 일이다.

어떤 선교사 수녀는 자신의 성찰일지를 페이스북에 올린다. 아름다운 이야기를 읽다 보면 감동이 밀려온다. 그러다가 이어지는 댓글들을 본다.

"정말 감동이에요."

"장하다. 나의 친구."

"수녀님의 환한 미소가 너무 아름다워요."

"기도할게요."

그런데 댓글을 읽다 보면 어쩐지 선교사 수녀와 나와의 소통에 간극이 벌어지는 느낌이다. 페이스북이라는 만인이 보는 공개 일기에서 나는 그 만인 중 한 명이라는 느낌. 일대일 소통이 아닌 멀찍이 떨어져 있는 관객 같은 기분이 드는 것이다.

페이스북은 너와 나만의 소통이 아닌 너와 기타 여러분 속에 있는 나와의 소통이다. 그래서 비록 실명을 거론하며 채팅을 하더라도 기타 여러분들이 모두 바라보고 있는 한, 너와 나만의 친밀한 심리적 거리를 유지하기는 쉽지 않다.

나는 미국에서 유학 생활을 할 때 거의 매일 연필로 일기를 썼다. 내가 유학하던 시절에는 SNS는커녕 개인 컴퓨터도 없을 때라서 이메일조차 자유롭게 주고받지 못했다. 가끔 팩스로 연락이 오거나 어쩌다 한번 전화가 오는 정도였다. 그런데 만약 그때 SNS가 있었다면 그동안 종이 일기장에 토해냈던 내 내면의 은밀하고도 정직한 이야기들을 표현하지 못했을 것이다. 그때는 소통할 곳도 없고 도망갈 곳도 없어서 더 진실하고 처절했던 것 같다.

나는 그때 연필로 꾹꾹 눌러쓴 자국에서 영혼이 꿈틀대는 움직임을 보았다. 내면과의 만남, 하느님과의 대화가 성난 파도처럼, 때로는 부드러운 꽃잎처럼, 살아 있는 그림처럼 다가

왔다. 지금 돌이켜봐도 내 일생에 그토록 나 자신을 깊이 성찰하며 주님과 마주했던 시간이 또 있었을까 싶다.

그때 손으로 쓴 일기는 진솔한 자기표현이자 간절한 기도였다. 언어와 문화의 벽으로 답답하고 속상하고 괴로웠던 마음을 한 글자 한 글자 손으로 직접 옮기며 풀어내는 과정은 영혼이 정화되는 순간이기도 했다.

그런데 연필로 글을 쓰는 것이 점점 어려워지고 있을 뿐만 아니라 이제는 도저히 쓸 수도 없다. 마지막으로 진지하게 연필로 글을 쓴 지가 벌써 몇 년 전이다. 어머니가 폐암 선고를 받고 마지막 시기를 보낼 때, 나는 특별 휴가를 받고 어머니와 함께 시간을 보냈었다.

엄마가 거실에서 기침을 하며 거칠게 숨을 쉴 때 내가 할 수 있는 것은 아무것도 없었다. 손에 묵주를 쥐고 기도하다가도 터질 것 같은 가슴을 진정시킬 수 없었다. 그러다 방구석에 쭈그리고 앉아 글을 써내려갔다. 고통, 의문, 분노의 감정을 연필로 적어나가다 보니 어느새 그것은 눈물이 되고 절규가 되고 기도가 되었다.

2010년 6월 20일

아침 식사를 할 때마다 식사하기 힘들어 한숨짓는 엄마를 지켜보는 것이 곤혹스럽다.

'밥맛이 이렇게 없을 수 있느냐'는 한탄을 들을 때마다 어떻게 해야 할지 모르고 가슴만 저려온다. 평생에 있을까 말까 한 특별한 휴가를 청했을 때의 마음은 엄마와 아름다운 추억을 만들고 싶었다. 내 일생에 있어서 엄마의 살아있는 아름다운 초상화를 내 맘속에 담고 싶었다. 엄마가 없는 세상은 상상할 수조차 없었고 내 존재의 위기감마저 밀려왔다.

그래서 내가 하는 일이 어떻게 되든 엄마와의 한 달이 더 소중하리라고 확신했었다.

그러나 엄마와 함께하는 시간들이 아련하고 따뜻하기만 한 것은 아니었다.

엄마의 고통과 체념 그리고 한탄이 고스란히 나를 압박한다.

사랑은 피어나는 아름다운 꽃이 아니었다.

피기 위해 숱하게 흔들리고 피고 난 후엔 시들고 떨어지는 고난 속에서 몸부림치는 것 같다.

밤중에 엄마의 앓는 소리와 뒤척이는 소리가 간간이 들렸다.

오늘따라 내 허리 통증도 더 심하게 느껴졌다.

잠시 조용한 듯하더니 다시 거세게 기침하는 소리가 들려온다.

불안하고 초조하다.

도대체 주님께서는 우리 어머니에게 무엇을 하고 계시는 것일까.

주님, 평생 자식을 위해 고생하고 남편을 정성껏 병수발하고 이제야 정말 신앙생활 제대로 잘해보려고 하는 엄마를 왜 데려가려 하시나요?

이거 뭐 잘못된 것 아닙니까?

이러면 안 되십니다. 불쌍하지도 않으세요? 왜 하필이면 지금입니까?

2년만, 아니 1년만이라도 조금 더 행복하게 살다가 데려가시면 안 되나요?

말씀이 안 들려요. 대답해주세요.

마음 깊숙이 저며오는 한없는 아쉬움과 이어지는 절망이 거대한 파도처럼 출렁이면서 가슴이 아리고 먹먹합니다.

그래도 당신은 지금 우리와 함께 계시지요? 그렇죠?

끝까지 지켜 주실 거죠?

주님, 당신은 지금까지 늘 엄마를 지켜주셨어요.

그래요. 이 세상이 전부가 아니니까요.

엄마를 위한 최선이 무엇일까요?

당신을 이렇게 원망하는 것은 내가 엄마를 꼭 잡고 싶은 내 욕심 때문이라는 것, 알아요.

엄마를 놓고 싶지 않아요.

절대로 수용하고 싶지 않아요.

엄마를 절대로 보내고 싶지 않아요.

그래서 당신이 아버지께 드린 기도를 저는 할 수가 없어요.

그래도 당신이 하신 기도를 해야 하나요?

"아버지, 아버지께서 원하시면 이 잔을 저에게서 거두어주십시오.

그러나 제 뜻이 아니라 아버지의 뜻이 이루어지게 하십시오."
(루카 22:42)

몇 년 전 엄마가 암 투병을 할 때 손으로 쓴 마지막 글이다. 언제 또 내가 연필을 손에 들고 한 자 한 자 글을 쓸 수 있을지 모르겠다.

하지만 내 몸과 마음이 마주했고, 나의 뇌의 속도와 몸의 속도가 서로 응답했던 그때의 그 절실한 순간은 지워지지도 않고 지우고 싶지도 않은 간절한 기도로 매 순간 되살아난다.

디지털이 들어선 이 자리, 여전히 아날로그의 흔적은 또렷하다. 그래서 늘 고맙다.

연필을 잡았던 내 손이 지금 컴퓨터로 열심히 글을 써 내려가고 있다. 여전히 고맙고 사랑스럽다.

변화는 옛것의 삭제가 아니라 저장이니까.

에필로그

미디어는
도구가 아닌 생물

20여 년 전 미국 유학 시절, 책으로만 만났던 커뮤니케이션 이론가이자 미디어생태학 주창자 닐 포스트먼Neil Postman의 수업을 직접 듣게 되었을 때 무척이나 설렜다.

"미디어는 단지 도구가 아니다. 살아 움직이는 생물이다." 그와의 첫 만남에서 내 마음에 꽂힌 메시지는 정말 강렬했다. 미디어는 우리를 둘러싼 환경이자 그 자체로 살아 움직이며 영향을 미친다고 하면서 강에 대하여 한번 생각해보자고 하였다. 나는 아무것도 하지 않은 것 같지만 강이 오염되면 물고기가 죽어나가고 주변 생태계가 파괴된다. 그리고 그 변화는 결국 나 자신을 포함한 생명 전체를 위협하게 된다. 하지만 우리는 오염된 강도 여전히 '강'이라고 부르며 그곳에서 물놀이도 하고 마시기도 하면서 삶을 살아간다. 미디어도 마찬가지라는 거다. 우리는 미디어로 인해 막대한 영향을 받으며 살아간다. 나 홀로 잘 사용한다고 해서 좋게만 영향을 주고받는 게 아니다. 그래서 우리는 미디어의 편리함뿐만 아니라 폐해까지 모두 경험할 수밖에 없다.

그런데 문제는 이 변화가 아주 서서히 나도 모르는 사이에 진행되어 제대로 알아채지 못한다는 것이다. 변화가 일상 속에서 미세하게 일어나면 둔감한 채로 그냥 살아가게 된다. 인쇄 매체에서 텔레비전으로, 그리고 스마트폰으로 미디어가 옮겨질 때마다 우리의 생각과 마음이 각기 다른 형태와 파장으로 출렁이고 변화되지만 잘 알아채지 못하는 게 사실이다.

그렇다고 스마트폰이 정말 골치 아프고 나를 악으로 떨어트리는 위험한 기술이라는 의미는 아니다. 스마트폰기기 자체는 이웃과 세상과 연결된 거대한 통로이며 채널이라는 점을 저항할 수 없는 게 우리의 현실이다.

다만 디지털기기를 생태학적인 측면에서 사유하고 고민하면서 평화롭게 이용할 수 있으면 좋겠다. 인간의 본성이 언제

나 분별력 있고 합리적인 상태를 유지하는 것은 아니기에 그렇다. 하지만 실망하지는 않는다. 이러한 한계를 있는 그대로 인정하면서 조금은 평온하고 고요하게 스마트폰을 사용하고 싶을 뿐이다. 그리고 수도자인 나뿐만 아니라 다른 사람들도 나와 같은 이러한 원의를 가지고 있다고 믿는다. 그래서 매순간 미디어환경을 바라보며 생각하고 의식하며 알아채는 여정을 이어나갈 수 있기를 바란다.

스마트폰은 단순히 도구가 아니다. 깊은 심리적 역동과 어우러져 춤을 추는 동반자이며 도망가 숨을 수도 있는 도피처기도 하다. 또한 현대를 살아가는 우리 모두가 꼼꼼하게 바라보고 이해하며 사유해야 할 정말 중요한 친구다.

마지막으로 스마트폰 시대를 살아가는 독자 여러분께 이 책이 의미 있는 사유의 길을 열어주기를 바라며 〈나는 무엇일까요?〉라는 글로 이 책을 마무리하고자 한다.

나는 무엇일까요?

꿈을 꾸었습니다.

나비가 되어 날아다녔습니다.

또 꿈을 꾸었습니다.

사람이 되어 걷고 있습니다.

나는 나비일까요? 사람일까요?

보이는 세상이 현실이 아니며

보이지 않는 세상이

더 이상 꿈이 아니라고 합니다.

나는 지금 어디에 있나요?

그저 보기만 할 뿐인데

오감이 저려오고

그저 생각만 할 뿐인데

반응하고 행동하게 합니다.

나는 괜찮은 걸까요?

실재를 감추고 부재를 드러냅니다.

무언가를 감추고 감춘 것을 숨깁니다.

그런데 진실이 되었습니다.

원본은 없습니다.

실재와도 무관합니다.

그런데 현실이 되었습니다.

진짜보다 더 진짜 같은 가짜가

가짜보다 더 가짜 같은 진짜가 넘칩니다.

나는 진짜일까요?

우선 내가 나비인지 사람인지 알아야겠습니다.

세상이 무엇을 이야기하고 있는가가 아닌

어떻게 이야기되고 있는지에 귀 기울여야겠습니다.

우리가 보고 사용하는 도구가 나의 지각, 이해 감정을 움직입니다.

나의 감각기관을 재구조화시키고 그것으로 세상을 이해하고 수용합니다.

그저 보고 듣기만 하고 사용만 했을 뿐인데

만질 수 없는 상징 환경일 뿐인데

그것이 어느 순간 내가 되어버렸습니다.

나는 무엇일까요?

** 장자가 어느 날 낮잠을 자다 꿈을 꾼다. 꿈속에 나비가 되어 날아다니며 잠에서 깨어보니 자신이 본래 나비인데 지금 인간이 된 꿈을 꾸고 있는 것인지, 인간인데 나비가 되는 꿈을 꾼 것인지 구별이 안 되었다는 물아일체의 경지를 비유한 호접몽(胡蝶夢)이란 고사에서 온 말에 영감을 얻어 쓴 글이다.

어쩌면 조금 외로웠는지도 몰라

초판 1쇄 인쇄 2017년 9월 8일
초판 2쇄 발행 2017년 12월 26일

지은이 김용은
펴낸이 이범상
펴낸곳 (주)비전비엔피·애플북스

기획 편집 이경원 유지현 김승희 조은아 김다혜 배윤주
외주 기획 변경혜기획사(990929@hanmail.net)
디자인 김혜림 조은아
마케팅 한상철 금슬기
전자책 김성화 김희정 김재희
관리 이성호 이다정

주소 우) 04034 서울특별시 마포구 잔다리로7길 12 (서교동)
전화 02) 338-2411 | **팩스** 02) 338-2413
홈페이지 www.visionbp.co.kr
이메일 visioncorea@naver.com
원고투고 editor@visionbp.co.kr

등록번호 제313-2007-000012호

ISBN 979-11-86639-60-3 03810

· 값은 뒤표지에 있습니다.
· 잘못된 책은 구입하신 서점에서 바꿔드립니다.

이 도서의 국립중앙도서관 출판시도서목록(CIP)은 서지정보유통지원시스템 홈페이지(http: //seoji.nl.go.kr)와 국가자료공동목록시스템(http: //www.nl.go.kr/kolisnet)에서 이용하실 수 있습니다.(CIP제어번호: CIP2017021691)